THE QUEEN OF CRIME
繁體中文版
20週年
紀念珍藏

幕後黑手

阿嘉莎・克莉絲蒂　著
張濤　譯

The Moving Finger

Agatha Christie®

通俗是一種功力

吳念真（導演、作家）

通俗是一種功力。絕對自覺的通俗更是一種絕對的功力。

這樣的話從我這種俗氣的人的嘴巴說出來，大概很多人要笑破褲底了。不過，笑完之後請容我稍稍申訴。這申訴說得或許會比較長一點，以及，通俗一點。

小時候身材很爛，各種遊戲競爭完全任人宰割，唯一隱遁逃避的方法是躲起來看書或聽大人瞎掰。那年頭窮鄉僻壤的小孩能看的書不多，小學二年級時最喜歡的是超大本的《文壇》，老師借的。看著看著，某天老師發現我的造句竟出現：「捧著：朝陽捧著一臉笑顏為群山剪綵」這樣亂七八糟的文字，就拒絕再讓我看那些超齡的東西了。

老師的書不給看，我開始抓大人的書看。一種是厚得跟磚塊一樣的日文書，對我來說那完全是天書，但插圖好看，經常有限制級的素描。另一種書是比較薄的，通常藏得很嚴密，只是裡面有太多專有名詞、重複的單字和毫無限制的標點，比如「啊啊啊」、「……！！！」

老讓我百思不解。有一天，充滿求知欲地詢問大人竟然換來一巴掌後，那種閱讀的機會和樂趣也隨著消失了。

所幸這些閱讀的失落感，很快從大人的龍門陣中重新得到養分。講到這裡，我似乎先得跟一個村中長輩游條春先生致敬，並願他在天之靈安息。

我所成長的礦區，幾乎全是為著黃金而從四面八方擁至的冒險型人物，每人幾乎都有一段異於常人的傳奇故事。這些故事當事人說來未必精采，但一透過游條春先生的嘴巴重現，有時連當事人都聽得忘我，甚至涕泗縱橫，彷彿聽的是別人的故事。

條春伯沒當過日本兵，可是他可以綜合一堆台籍日本兵的遭遇，一如連續劇般從入伍、受訓、逃亡荒島，面對同鄉同袍的死亡，並取下他們的骨骸寄望帶回故鄉，乃至骨骸過多搞不清哪是誰的等等，讓聽的人完全隨他的敘述或悲或笑，彷彿跟他一起打了一場太平洋戰爭。此外他也可以把新聞事件說得讓一個三、四年級的小孩，到現在仍記得當時腦中被觸動的畫面。例如當年瑠公圳分屍案的凶手做案之後帶著小孩到安東街吃麵（這讓我一直以為台北的安東街是條專門賣麵的街道），還有甘迺迪總統被暗殺、賈桂琳抱住她先生、安全人員跳上飛快的車子保護賈桂琳……當然，這記憶全來自條春伯的嘴巴而不是報紙。我的記憶全是畫面，有畫面，是因為條春伯說得精采，說得有如親臨他至死都還搞不清地理位置的達拉斯命案現場。

於是這小孩長大後無條件地相信：通俗是一種功力，絕對自覺的通俗更是一種絕對的功力。透過那樣自覺的通俗傳播，即使連大字都不識一個的人，都能得到和高階閱讀者一樣的感動、快樂、共鳴，和所謂的知識、文化自然順暢的接軌。也許就是因為這些活生生的例子，俗氣的自己始終相信：講理念容易講故事難，講人人皆懂、皆能入迷的故事更難，而能隨時把這樣的故事講個不停的人，絕對值得立碑立傳。

條春伯嚴格地說是有自覺的轉述者，至於創作者，我的心目中有兩個。一個是日本導演山田洋次，一個是推理小說家阿嘉莎·克莉絲蒂。

山田洋次創造了寅次郎這個集合所有男人優點跟缺點的角色，在以《男人真命苦》為名的系列下，總共完成百部左右的電影。它們的敘述風格、開頭、結尾的方法不變，唯一改變的是故事，是時代，是遍歷日本小鄉小鎮的場景。數十年來，看《男人真命苦》幾已成為日本人每年的一種儀式，一如新春的神社參拜。

數十年前訪問過山田導演，他說，當他發現電影已然有它被期待的性格時，電影已經不是導演自己的。他說：當所有人都感動於美人魚的歌聲時，你願意為了讓她擁有跟你一樣的腳，而讓她失去人間少有的嗓音嗎？

人間少有的嗓音與動人的歌聲，都來自山田導演絕對自覺的通俗創造。

再如阿嘉莎·克莉絲蒂，如果我們光拿出她說過的故事和聽過她故事的人口數字，就足以嚇死你。五十多年的寫作生涯，她總共寫出六十六本長篇推理小說，外加一百多篇短篇小說和劇本。其中有二十六本推理小說被改編，拍了四十多部電影和電視劇集。作品被翻譯成一百零三種文字的版本，銷量超過二十億本。

夠了。你還想知道什麼？知道二十億本的意義是什麼嗎？二十億本的意義是全世界平均三個人就有一個人讀過她的書，聽過她說的故事。

說來巧合，她和山田洋次一樣，創造出個性鮮明的固定主角（當然，前前後後她弄出來好幾個），然後由他（或是她）帶引我們走進一個犯罪現場，追尋真正的罪犯。

故事就這樣？沒錯，應該說這是通常的架構。那你要我看什麼？不急，真的不急，克莉絲蒂會慢慢冒出一堆足夠讓你疑惑、驚嚇、意外，甚至滿足你的想像力、考驗你的耐心和智商的事件來。

推理小說不都是這樣嗎？你說得沒錯，大部分是這樣，不一樣的是……對了，她像條春伯，像山田洋次，她真會說，而且她用文字說。

文字的敘述可以讓全世界幾代的人「聽」得過癮、「聽」個不停，除了聖經，也許就是克莉絲蒂。她不是神，但她真的夠神。

數十年前，台灣剛剛出現她的推理系列中譯本，那時是我結婚前，常有同齡的文藝青年來我租住的地方借宿，瞄到我在看克莉絲蒂，表情詭異地說：「啊？你在看三毛促銷的這個喔？」

我只記得他抓了一本進廁所，清晨四點多，他敲開我的房門說：「幹，我實在很討厭那個白羅……再拿一本來看看，我跟你說真的，要不是你的書，我真的很想把那個矮儸壓到馬桶吃屎！」

我知道他毀了，愛吃又假客氣，撐著尊嚴騙自己。克莉絲蒂再度優雅地撕破一個高貴的知識份子的假面具，她的手法簡單，那手法叫通俗，絕對自覺的通俗，無與倫比、無法招架的功力。

昔日的文藝青年如今跟我一樣，已然老去，但不時還會看到他寫一些充滿理念和使命感極重的文章，在報紙和雜誌上出現。我知道他要說什麼，只是常常疑惑他想跟誰說；同樣，我記得他說過什麼，但轉眼間忘記他說了什麼。但請原諒我，幾十年前那個晚上，他在我家看完的那兩本克莉絲蒂的小說內容，我可還記得清清楚楚。

也許有一天再遇到他的時候，我會問他之後是否還看過克莉絲蒂其他的書，如果沒有，我會跟他說，想讀要趁早，因為你會老、會來不及。至於白羅那個矮儸，大概永遠不會消失。哦，對了，還有一個叫瑪波，你說不定會來不及認識……

瑪波小姐——洞明世事，仍不失對人情的寬諒

吳曉樂（作家）

瑪波小姐是阿嘉莎．克莉絲蒂筆下的兩名神探之一，名氣不若白羅響亮，支持者倒是挺死忠專情。她也是推理小說界「女偵探」的第一把交椅，至今仍無人能動搖其地位。瑪波小姐系列合計有十二本長篇、兩本短篇小說集。以及一篇收錄於《哪個聖誕布丁？》的小說〈葛林蕭的笑話〉。常有讀者受「小姐」二字所誘，誤信瑪波小姐是妙齡少女，但英文中，未婚女性一律以 Miss 稱之，實際上，瑪波小姐已六十好幾。按照蓋達克警官的形容，「她的模樣非常蒼老，頭髮雪白，粉紅的臉上布滿皺紋，一對藍色眸子柔和且真摯無邪」。

瑪波小姐亦是知名的「安樂椅神探」，她的歲數與支氣管炎等痼疾限縮了她奔走的範疇。大部分時間，瑪波小姐僅在英國村鎮裡穿梭，一邊喝茶，一邊傾聽案件相關的陳述。克莉絲蒂刻意將筆下兩位神探做出區隔，白羅是比利時難民，案件時常顯現壯闊的異國情調，瑪波小姐系列則洋溢著恬謐、悠哉的英國小鎮氛圍。瑪波小姐經手的案件，多半以某座莊

園、公館為中心，在傭人、園丁、廚師、仕紳與貴婦人等交織而成的人際網絡裡，一樁樁謀殺案就此鋪展。

瑪波小姐的經歷有些神祕，讀者只能從她談及自己的稀少橋段，拼湊出模糊的過往：她接受良好教育，曾待過佛羅倫斯的寄宿學校，一度從事過護理工作。再從瑪波小姐坐擁房產、生活講究等細節，我們不難勾勒她中產階級的出身。上述資訊，幾乎是我們能得知的全部了。

至於瑪波小姐的個性，我想徵用瑪波小姐首次登場《牧師公館謀殺案》的語句：「她是村子裡最壞的女人，總是知道每一件事，並且做出最悲觀的推斷。」「在英格蘭，任何偵探也比不上一個上了年紀又有很多閒暇的老處女。」「拿望遠鏡賞鳥的習慣也總是讓她別有收穫。」從這些褒貶相依的評價，我們首先歸納出一些結論：瑪波小姐有些好管閒事，城府也深，偏偏她的判斷比誰都趨近真相。

更細緻地分析，瑪波小姐「溫和無害，乍看糊塗」的表象，是最天然的保護色。與她搭話的人物，屢屢在輕敵的狀態下鬆懈心防，下意識就吐露原先拚命掩藏的犯案痕跡。其次，瑪波小姐認為人性並不複雜，若我們悉心諦視，必能察覺其中的「共性」。她的外甥雷蒙．衛司曾將聖瑪莉米德村喻為「一潭死水」，瑪波小姐則認定死水若放在顯微鏡底下，「其實生機盎然」，而她所謂的顯微鏡，或許指涉了鄉村背景。鄉村生活人情緊密，有助瑪波小姐近距離蒐集人性的不同臉譜。我個人認為，瑪波小姐最專長的辦案手法是「數據分析」，她常將案發現場的樣本扔入聖瑪莉米德村——她的「人性資料庫」，進行搜尋和比對，一旦辨識出相似的行為態樣，接下來她將安坐椅上，預估其發展。是以瑪波小姐一再「後發先至」，她抵達現場的時間總是不無「遲到」的味道，不過待她釐清人物之間的譜系和利害關係，旋即能夠盤整出一些關鍵，為案件帶來重大突破。

瑪波小姐以閒談獲取的情報，都顯得那麼普通、不起眼，她卻能如同手上的編織活，這一針那一線巧妙地穿引，後續再輕輕一扯，將線索行雲流水地組織起來。瑪波小姐深諳自往昔的歲月萃取珍貴的經驗，舉例來說，有一回，她以「聖靈降臨節過後的週一，園丁必不上班」為由，輕易識破一則謊言；也有一回，她從「發音方式」捕捉到講述者的故弄玄虛。

初識瑪波的讀者，我建議以短篇小說《十三個難題》為前菜，篇幅短小，清爽不占空間，品嘗的餘韻足夠引發興致。至於長篇，我心儀《殺人一瞬間》，此作推理成分相對清淡，架構上更接近「豪門恩怨肥皂劇」，序幕即嵌入一場駭人的畫面，將讀者牢牢地鉤入劇情。辦案過程中，瑪波小姐另聘慧黠迷人的露希小姐，潛入疑雲重重的鹿瑟福。兩位小姐的視角頻仍轉換，前場後場的調度十分緊湊，讓讀者捨不得輕易暫停。克莉絲蒂向來很節制「愛情」的著墨，但在此作，她給露希小姐點綴了幾許風花雪月，時至今日，露希小姐情歸何處，是海內外讀者樂此不疲的謎題。而在《死亡不長眠》中，步履蹣跚的瑪波小姐擔憂一對年輕夫婦，不惜啟程遠行，讓我們見到她慈幼的一面。《加勒比海疑雲》也帶給我相當的樂趣，見瑪波小姐與毒舌老富翁拉斐爾搭檔，完成第一次在國外大展長才的紀錄，很是過癮。續作《復仇女神》，拉斐爾已逝，留下一封報酬頗豐的委託，瑪波小姐積極走入謎團，讀者可以看清她心中晃蕩不止的漣漪。瑪波小姐追憶拉斐爾的絮語，我認為是全系列裡罕有的「情愫」展現。

瑪波小姐還有項令人歆羨的本事：她的才華普遍獲得男性同儕的認同。亨利爵士稱她「本人絕無僅有，四星級睿智的紅粉知己，老太婆中的超級老太婆」。尼勒警官如此形容她：「為人正直，具有無可指摘的正義感。」時間跨幅長久的蓋達克警官更是五顆星好評：「瑪波小姐能夠用最大限度的鎮靜來思考謀殺、猝死，以及各種真實罪案。」

按照出版年代，《瑪波小姐的完結篇》是瑪波小姐最後一次現身。若以氛圍而言，我認為《破鏡謀殺案》裡瑪波小姐的自述，更適切地傳達出這位天才神探正緩緩邁向遲暮，「人必須面對現實：聖瑪莉米德昔日風貌不再。當然，從某種意義上說，沒有一樣東西能一如往昔。你可以怪罪戰爭（兩次世界大戰），怪罪年輕這一代，或者出去工作的女人，或者原子彈，或者政府，但其實你真正不滿的只是一個簡單的事實：你正在變老」。瑪波小姐信任的傭人凋零，外甥為她聘請的女傭竟把她視為昏聵無知、需要悉心呵護的老人家。萬幸的是，摯友荷大克醫師捎來了慰藉，他認為瑪波小姐最合適的藥方就是：一場謀殺案。這舉止點醒了讀者，縱使低調不鋪張，瑪波小姐依然、無庸置疑地對辦案懷有莫大熱情。

文章的尾聲，我要再次回到瑪波小姐的人性觀，她雖堅稱「最無情的猜測往往都會被證實為真」，倒也不吝坦承「我總是對人性抱著希望」。這位英國小姐的魅力自然流淌，她洞明世事，仍不失對人情的寬諒。

獻詞

阿嘉莎・克莉絲蒂是世界讀者最眾，也最廣受喜愛的女作家。
身為克莉絲蒂的孫兒，我相信奶奶會非常樂見這次出版，
因為她極以自己作品中的趣味與娛樂為豪。
歡迎所有喜歡本系列的台灣新讀者參與這場饗宴！

——馬修・培察（Mathew Prichard）

／01

在拆掉石膏、讓一群醫生盡情地東拉西扯一番、加之護士叮嚀要我小心活動，而漸至不耐總被當小孩一樣說話之後，馬克斯．肯特終於告訴我，說我可以去鄉下靜養了。

「空氣好，生活安定悠哉，這個處方對你最好了。你妹妹會照顧你。你盡量把自己當豬養，多吃多睡就是了。」

我沒問醫生自己是否還能再飛，有些問題不問，是因為害怕知道答案。同樣的，過去五個月來，我也從未問過自己是否這輩子都得躺著。我很怕修女會故作樂觀地安慰我說：「這是什麼傻問題呀！我們絕不會讓病人說這麼喪氣的話。」

因此我什麼也沒問……而一切也似乎還好，我將不會成為無助的殘疾人士。我的腿能動能站，而且終於能走上幾步路了。雖然我像個蹣跚學步的嬰兒，雙膝打顫，腳上還墊著軟鞋墊，但那不過是身體虛弱、久未使用四肢的緣故，很快就會過去的。

馬克斯．肯特不愧是位稱職的醫生，他回答了我沒問出口的問題。

「你會完全康復的，」他表示，「上星期二幫你做最後檢查前，我們其實還不確定，但現在我可以很篤定地告訴你……只是復原的過程會很漫長，老實說，是很漫長而且累人。神經和肌肉的癒程，必須身心一起努力。任何不耐與煩躁，都會讓你回到原點。無論如何，請別期望自己能『很快好起來』。急切的結果，反而會讓你重返醫院。一定要放寬心慢慢來，放緩你的節奏就對了。需要康復的不僅是你的身體，還有你的神經，因為你的神經在長期藥物作用下，已經變弱了。

「所以我才會建議你去鄉下租間房子，探探當地的政治、八卦和村裡的小道消息。讓自己窮追不捨地認識新鄰居吧！我建議你，找個沒有朋友的地方去。」

我點點頭說：「這點我已經想過了。」

我想再沒有比一群朋友抱著同情和各自的煩惱來探望你，更令人難受的了。

「不過，傑瑞，你看起來真的不錯……他看起來很不錯吧？絕對是的。親愛的，我得告訴你，你認為巴斯特現在做了些什麼？」

不，我不想知道。狗很聰明，牠們會爬到某個安靜的角落，舔舐自己的傷口，直到痊癒後才重返世界。

於是，喬安娜和我秋風掃落葉似地篩檢過仲介頌揚的全國房屋名單後，挑中了嶺石塔的「小金雀花」，作為看屋的「可能」之一，因為我們從來沒有去過那裡，那一帶我們半個人也不識。

喬安娜看到小金雀花時當下便做出決定：這正是我們要的房子。

小金雀花在嶺石塔鎮外半哩路處一條通往荒原的路邊，是棟低矮整齊的白色小屋，有著維多利亞式的淡綠色陽台。陽台上景色宜人，可看到石南遍野的山坡，以及山坡左下角處，嶺石塔鎮教堂的塔尖。

這宅子屬於巴頓家族，巴頓家族的幾位老小姐當中，目前僅剩年紀最小的艾蜜莉小姐還健在。

艾蜜莉．巴頓小姐是位嬌小迷人的老太太，與這棟房子極為相配。她用溫柔歉然的聲音向喬安娜解釋說，以前自己從未出租過房子，也沒料過有一天會這麼做。

「可是，親愛的，如今不同以往了。稅是其一，本來我以為股票和債券會安全點，而且有些股票還是銀行經理推薦給我的呢。可是到頭來什麼也沒賺到。當然，還有外匯！現在過日子真的很不容易。有誰喜歡把自己的房子租給陌生人呢？（不過我想你能理解，不會生氣吧，你看來是如此的善良。）但是總得想點辦法才行吧。老實說，看到你以後，我還真的很高興讓你住下來哩。你也知道，這房子需要年輕人。不過我必須承認，想到可能會有男人要來住，我還真想打退堂鼓呢！」

這時，喬安娜只得將我的情形告訴她。艾蜜莉小姐先是一驚，隨即又表示無妨。

「親愛的，我懂了。真不幸！是飛行事故吧？這些年輕人真勇敢！這麼說，你哥哥實際上是不良於行……」

這點似乎令老太太頗感安心，想像我應該不會熱中於男性的傷風敗俗之習，這她可是很擔心的。她問我抽不抽菸。

喬安娜說：「抽得凶極了，像煙囪一樣。」她同時指出：「不過，我也抽。」

「那當然，當然。我怎麼這麼蠢，我也實在太落伍了。我上面都是姐姐，我媽媽還活到九十七歲哩，她們都挑剔得要命！是啊，現在人人都在抽菸了。不過有件事得告訴你，屋裡沒有菸灰缸。」

喬安娜說我們會帶很多菸灰缸過來。她面帶微笑地加上一句：「我們不會把菸蒂丟在您那些漂亮的家具上，這點我可以向您保證。我最痛恨人家那麼做了。」

事情就這樣談定了，我們租下小金雀花六個月，而且可以再續租三個月。艾蜜莉．巴頓對喬安娜解釋說，她還是會住得很舒適，因為她會搬進女僕家。

「忠實的斐羅絲，」她說，「在跟了我們十五年後嫁人了，她真是個好女孩，先生是做建築的。他們在鬧街上有棟不錯的房子，頂樓有兩個很漂亮的房間，我在那邊會住得很舒服的，斐羅絲也很高興我過去住。」

一切似乎都令人滿意，雙方簽了合約。時日一到，我和喬安娜便搬來住下了。巴頓小姐的女僕帕翠姬同意留下，還有個「女孩」每早過來幫忙，因此我們被照顧得很好。那女孩很討人喜歡，只是有點傻呼呼。

帕翠姬是位不苟言笑的中年婦女，不過她的廚藝令人讚嘆。儘管不贊成我們吃消夜（因為艾蜜莉小姐晚餐一向只吃顆水煮蛋了事），然而她還是配合我們的習慣，而且竟然還說我需要恢復體力。

我們在小金雀花住了一週後，巴頓小姐鄭重其事地跑來看我們並留下名片。在她之後，律師的妻子西蒙頓夫人，醫生的妹妹葛菲詩小姐，牧師妻子丹克索夫人，以及修道院址的卜艾先生也相繼來訪。

此事令喬安娜驚異不已。

她用肅然的敬畏口氣說：「這裡的人竟然真的拿著名片來拜訪耶。」

「小鬼，那是因為啊，」我說，「你對鄉下一無所知。」

「亂講！我常常出遠門和別人一起共度週末呢。」

「那根本是兩碼子事。」我說。

我比喬安娜大五歲。我還記得小時候住過的那間破爛大白屋；直通到河邊的田野；我也記得我曾避過花匠的耳目，鑽到蓋著莓稈的線網下面；還有馬廄院子白色塵土的氣味及一隻黃貓穿院而去；甚至馬廄裡馬蹄踢踏的聲音也還記憶猶新。

然而當我七歲，喬安娜兩歲時，我們去倫敦和一位姨媽同住。從此我們的聖誕節和感恩節就都在那兒過了，我們或者觀賞默劇，或去劇院、電影院，或到肯辛頓花園划船，然後去溜冰場。八月時，我們就到某處海濱旅館消磨時光。

想到這些，我發現自己實在是個自私自利的病人，我懊悔而語重心長地對喬安娜說：「只怕這段日子對你來說會很辛苦，你大概會很想念倫敦的一切。」

因為喬安娜既漂亮又活潑，她喜歡跳舞、喝雞尾酒、談戀愛，也愛開著馬力十足的車子四處亂跑。

喬安娜聞言大笑，說她一點都不在乎。

「其實我很高興能逃離那種生活。我真的受夠那票人了。你大概不會同情我吧，我真的是被保羅傷透心了，要好一陣子才能恢復過來。」

關於此點本人十分懷疑。喬安娜的戀愛都是同一個模式……瘋狂地迷戀上某個優柔寡斷的假天才，然後傾聽對方永無休止的牢騷，並竭盡全力地讓他獲得信心。當對方開始忘恩負義時，她就感到深深受傷，說她的心都要碎了，然而等到下一個鬱鬱不得志的青年出現，她就又展開新的戀情，而這一切通常發生在失戀三週後。

所以當喬安娜說她心已傷透時，我也沒怎麼當真。但是我的確看得出，鄉下生活對我那迷人的妹妹而言，無疑是場新的遊戲。

「不管怎麼說，」她表示，「我看起來還可以吧？」

我挑剔地打量著她，實在無法苟同。

喬安娜身著時髦的運動服，意即……她穿了一件圖案怪異誇張、貼身已極的方格裙。上半身是一件花花綠綠的短袖小毛衣，腿上套著純絲的長筒襪，腳踏一雙嶄新無瑕疵的粗革工作鞋。

「不，」我說，「你完全錯了。你應該穿一件老舊的花呢裙，最好是暗綠色或褪了色的褐色。再配上一件好看的羊毛套頭衫，也許再穿個開襟外套，頭上戴頂帽子，穿上厚實的長筒襪和舊鞋。這樣，也唯有如此，你才能融入嶺石塔街坊的氛圍中，不會像現在這樣格格不入。」我還加了一句：「你的臉也很不對勁。」

「我的臉怎麼了？我搽的是鄉村黃褐二號粉底啊。」

「那就對了。」我說，「在嶺石塔，你只需稍微撲點粉，別讓鼻子發亮就好了，也許再塗點口紅，但別塗得太多。眉毛要整條畫出來，千萬別只畫四分之一。」

喬安娜咯咯直笑，似乎覺得很樂。她問：「你認為他們會覺得我很難搞嗎？」

我答道：「那倒不會，只是會覺得你很怪而已。」

喬安娜又回去研究那些造訪者留下的名片了。這些人來訪時，只有牧師娘有幸……或不幸地遇見剛巧在家的喬安娜。

喬安娜低聲表示：「好像《幸福家庭》中的人物喔。律師的妻子李格太太、醫師的女兒朵絲等等。」她興奮地補充說：「我覺得這地方真不錯，傑瑞！這麼溫馨有趣而富古早味，很難想像這種地方會有什麼壞事發生，對吧？」

雖然我知道妹妹的話十分無稽，但我還是表示贊同。像嶺石塔這樣的地方，是不會發生什麼壞事。只是沒想到，一個星期後，我們就收到那第一封信了。

§

我知道自己一開頭就沒好好寫，沒有好好描述嶺石塔鎮的歷史淵源。而不了解這部分，便無法看懂我的故事。

首先，嶺石塔的歷史源遠流長。在諾曼第人征服期間，嶺石塔曾是個舉足輕重的地方重鎮，原因與教會發展有關。嶺石塔有間修道院，歷代的修道院院長都極具抱負與勢力。附近的爵士與男爵為示虔誠，紛紛將土地捐給修道院，於是嶺石塔修道院漸漸顯赫起來，成為數百年來當地的一大勢力。

可是後來亨利八世大舉打壓各修道院，自此嶺石塔鎮便受城堡主的支配，只是修道院依然重要，擁有權勢、特權及財富。

約莫十八世紀左右，現代化的浪潮使嶺石塔變得停擺不前，城堡坍塌了，鐵路和幹道都與小鎮無緣，嶺石塔於是淪為地方市集，既無關輕重，而且為人遺忘，小鎮後方是大片大片的荒原，四周則是安靜的農場與田野。

鎮上每週有一次市集，這天人們會在巷弄道路間碰到牛隻。嶺石塔每年有兩次小型的賽馬會，參賽的馬都沒什麼名氣。鎮上有條迷人的鬧街，漂亮的房子一字排開，和一樓窗口陳列的麵包蔬果有些不太搭調。街上有間店面頗長的布店、大得離譜的五金行、誇張的郵局和一長串不知道在賣什麼的店鋪，還有兩家互為對頭的肉鋪和一家國際商行。鎮上有一名醫生、一間由蓋伯斯兄弟和西蒙頓所開設的律師事務所、一座建於一四二〇年的教堂。這座巨大的教堂十分富麗堂皇，裡面融合了薩克遜時期的遺風。鎮上還有一所外觀礙眼的新學校和兩間小酒館。

這就是嶺石塔鎮。在巴頓小姐的鼓動下，鎮上的人幾乎全來拜訪我們了。喬安娜買了副手套，時候一到，就戴上那頂還不如不戴的鵝絨貝雷帽，外出回訪那些鎮民。

對我們來說，這一切實在非常刺激有趣。我們不會一輩子待在這裡，對我們而言，嶺石塔只是一段插曲罷了。我打算遵從醫生的囑咐，對鄰居們多多「關心」。

喬安娜和我都覺得很有意思。

記得馬克斯．肯特曾經吩咐我好好享受地方上的醜聞，我也曉得那些醜聞遲早會傳到我的耳裡。

奇怪的是，收到那封信時，我們就是覺得特別好笑。

我記得信是早餐時寄到的。我將信翻過來，好整以暇地看著。我發現這是封本地信函，地址是用打字機打的。

我先打開這封信，另外兩封蓋著倫敦郵戳的信件則暫且擱著，因為一封是帳單，一封則是個討厭的表弟寄來的。

信裡所有的印刷字體全是剪下來貼到紙上的，我愣愣地看了那些字一兩分鐘，然後才驚喘一聲。

喬安娜正對著一些帳單緊皺眉頭，她抬起頭問道：「喂，怎麼啦？幹嘛一臉驚訝的樣子？」

信中用最粗鄙的字眼指稱，我和喬安娜根本不是兄妹。

「這是一封噁心的匿名信。」我說。

我還沒從震驚中回過神。你怎麼也料不到，嶺石塔這種平靜的地方會發生這種事。

喬安娜立刻興致勃勃地問：「是嗎？信上寫些什麼？」

我發現，小說裡出現那些粗俗噁心的匿名信時，都盡可能安排不讓女性看見，以免她們脆弱的神經系統受到傷害。

我只能抱歉地說，我壓根沒想過不讓喬安娜看這封信。我立刻把信遞給她。

喬安娜除了覺得可笑外，並無其他感覺。我一向覺得我這小妹很堅強，果然沒錯。

「這是什麼狗屁玩意兒呀！我老聽人說什麼匿名信，可是還從未見識過。匿名信都是這樣寫的嗎？」

我說：「我無法告訴你，這也是我第一次看到。」

喬安娜開始咯咯發笑。

「傑瑞，你批評我化的妝，一定是說對了。我想他們八成以為我是個蕩婦！」

我說：「再加上我們老爸高個子，下巴長而瘦；媽媽則金髮碧眼，個頭嬌小……偏偏我像到爸，而你像到媽。」

喬安娜若有所思地點點頭。

「是啊，我們長得一點也不像，誰也不會當我們是兄妹。」

我感慨地說：「顯然有人不這麼認為。」

喬安娜表示這封信實在太可笑了。

她若有所思地抓住信角晃著，問我怎麼處理。

「我想最正確的辦法就是罵一聲，然後把信扔進火裡燒了。」我說。

我說到做到，喬安娜鼓掌叫好。

「幹得漂亮。」她又說，「你真該去演戲。幸好我們家有火，對吧？」

「丟到廢紙簍裡好像不夠刺激，」我同意道，「當然啦，我也可以用火柴點燃它，慢慢看它燒完，或看它慢慢燃燒。」

喬安娜說：「有些東西你希望它燒著時，卻偏偏滅了，燒不起來。搞不好得一根根劃著火柴。」

她起來朝窗邊走去，等站定後，突然轉過頭。

「我想知道信是誰寫的。」喬安娜表示。

我說：「也許我們永遠無法得知。」

「也許吧。」她沉默了一會兒說，「我真不明白，這實在太可笑了。我還以為……還以為他們喜歡我們住在這兒呢。」

「他們的確喜歡我們，」我說，「只是某人不知道在發什麼神經罷了。」

「我想也是。唉！真不入流！」

喬安娜走出屋子來到陽光下。我邊抽著菸邊想，妹妹說得對，真不入流。有人不喜歡我們來這兒，有人討厭年輕迷人、優雅亮麗的喬安娜，有人想傷害我們。也許一笑置之才是上策，然而這件事真的一點也不好笑……

那天早上，葛菲詩醫生來了。我請他來幫我做一週一次的檢查。我喜歡歐文．葛菲詩，他膚色黝黑，其貌不揚，舉止笨拙，卻有對溫柔的巧手。他說話時斷斷續續且相當靦腆。

醫生表示，我的復元情形令人欣喜，但接著他又說了：「你覺得還好，對吧？不知是我多心，還是你今早真的有點不太舒服？」

「不完全是，」我說道，「我今天早上喝咖啡時收到一封極其下流的匿名信，害我老覺得噁心。」

醫師把提包放到地板上，瘦黑的臉龐一臉興奮。

「你是說，你也收到啦？」

這下子我的興趣也來了。

「這麼說，這些信一直在流傳囉？」

「是啊，已經有一段時間了。」

「噢，」我說，「我明白了。我還以為是本地人不歡迎我們這兩位陌生人哩。」

「不，不，和這一點關係也沒有。只是……」他頓了一會兒又問：「信上說些什麼？至少……」他的臉突然一紅，尷尬萬分地說：「也許我不該問。」

「我很樂意告訴你，信裡只說，我帶到這裡的漂亮小姐並不是我妹妹……絕對不是。我看對方算寫得很客氣了。」

醫生的黑臉氣得發紅。

「太可惡了！令妹不會……我想她不會為此難過吧？」

我說：「喬安娜看來雖然有點像是從聖誕樹頂下凡的天使，但她是出了名的前衛強悍。她覺得這事很有趣，因為以前從沒遇過。」

「我也希望她沒遇過這種事。」葛菲詩好心地說。

「總而言之，」我正色道，「我想最好的處理方法就是……把它當笑話看就好了。」

歐文．葛菲詩表示：「是啊，可是……」

「沒錯，問題就出在這個『可是』上頭。」我說。

「問題是，這種事一旦開始，就會愈演愈烈。」葛菲詩說道。

「我想也是。」

「這實在太病態了。」

我點點頭問：「知不知道是誰幹的？」

「不知道，真希望我能知道。寫匿名信這種東西都會有一兩個因素，要嘛針對某個人，或者以一群人為對象……也就是說，寫信者是有動機的，他心懷不滿，並選擇以惡毒卑鄙的手段來報復。這種方式雖然歹毒下流，但未必瘋狂，而且通常不難找出發信者……例如被解雇的僕人或吃醋的女子等等。但如果匿名信是泛泛而非針對性的，那事態就嚴重了。寫信的人只是胡亂發信，藉此宣泄心中的挫折感。我剛提過，這是病態的舉動，而且發信者會愈來愈沉迷其間。當然了，最後還是會抓到這個人……通常會是你怎麼料都料不到的人，就這麼回事。去年本鄉的另一個地方就發生過這類醜聞，始作俑者竟然是一間大型布料企業女帽部的主管，一位在那裡工作多年、嫻靜優雅的女士。我記得上次去北邊給人看病時，也聽說過類似事件，只是寫信者的動機是純粹洩憤而已。雖然我看過不少這類事，但坦白說，這次我還是嚇了一跳！」

「這事已有很長一段時間了嗎？」我問。

「應該沒有。不過很難講，因為收到信的人不會去四處張揚，通常燒掉就算了。」

醫師停頓片刻。

「我自己就收過一封。西蒙頓律師也收到一封。我那些窮病人中有一兩個也跟我提過匿名信的事。」

「這些信都是同一類的內容嗎？」

「噢，沒錯。翻來覆去都跟性脫不了關係。這些信總是有這種特點。」他咧嘴一笑。

「西蒙頓被控與他的女辦事員有一腿，那位女辦事員就是可憐的老小姐金琪，人家至少四十歲了，戴著夾鼻眼鏡，一口兔牙。西蒙頓直接把信交給了警方。我的那封信則是指控我與女患者亂來，還繪聲繪影的描述細節。這些信都很幼稚荒謬，卻惡毒透頂。」醫生臉孔一板。「不過，我還是擔心這些東西會帶來危險。」

「我也這麼認為。」

「你知道的，」醫生表示，「這些信儘管幼稚無稽，但遲早會有一封達到目的。到時，天知道會發生什麼事！我也擔心它們對那些沒受什麼教育、不懂分辨的人會造成影響。他們只要見到白紙黑字，就會信以為真，而橫生各種枝節。」

我若有所思地說：「這信文筆不通，應該是教育程度不高的人寫的吧。」

「是嗎？」歐文說完這句話便離開了。

事後回想時，我覺得那句「是嗎？」令我十分不安。

／02

我不想粉飾收到匿名信後的不悅，它確實令我作嘔，不過我也很快就將它拋到腦後了，因為當時我並未慎重看待這件事。記得我告訴自己，這種事在窮鄉僻壤的村子裡也許經常發生。幕後的發信人八成是個歇斯底里的婦女，喜歡在生活裡亂灑狗血。反正，如果這些信的內容都像我們收到的一樣愚蠢可笑，就應該不至於造成多大傷害了。

一個星期後，下一個「事件」發生了。帕翠姬緊抿著嘴唇告訴我說，我們的日傭碧西今天不來了。

帕翠姬說：「先生，我猜那女孩很沮喪。」

我不太確定她想說什麼，「誤判」是那女孩出了一些帕翠姬不好意思直說的毛病。我表示遺憾，並說，希望她能早日康復。

「先生，她身體一點毛病也沒有。」帕翠姬表示，「她是心裡難受。」

「哦？」我不解地說。

帕翠姬繼續說道：「因為她收到一封信。據我所知，那封信對她指桑罵槐。」

帕翠姬嚴肅的眼神，加上談到「指桑罵槐」時明顯強調了「罵」字，我遂知道此事與我有關。由於以前根本沒留意過碧西，即使在鎮裡碰到她我也認不出來，因此自然覺得惱怒。一個靠兩根拐杖走路的病人，哪還有辦法玩弄鄉下女孩啊！我厭煩地說：「胡說八道！」

「先生，我就是這麼跟她母親說的。」帕翠姬表示，「我告訴她，只要有我在，這房子不管是現在還是未來，都不會有任何事情發生。至於碧西嘛，我說，現在的女孩非同以往囉，她有沒有在別的地方惹事，我就不知道了。不過，先生，經常和碧西一起外出的那個修車廠朋友，也收到一封噁心的匿名信，他的行為很奇怪耶。」

「我這輩子從未聽過這麼荒唐的事！」我怒罵道。

帕翠姬表示：「先生，我覺得我們最好辭了那女孩。我的意思是，要是她沒做什麼見不得人的事，又何必如此在意那封信？我的意思是，無火不起煙啊。」

誰知後來，我對這句「無火不起煙」竟會厭惡到無以復加。

§

那天早上，我想到村子裡探點險（我和喬安娜總是稱嶺石塔為村子，雖然就技術角度而言，極不正確，而且對嶺石塔來說簡直是種侮辱）。

陽光燦然，舒爽清新的空氣中飄著春天香甜的氣息。我拄著拐杖準備出門，執意不讓喬安娜陪我同行。

「不要。」我說，「我才不要守護天使在我旁邊陪我慢慢走，還一邊出聲鼓勵。別忘了，男人獨行時速度最快。我有很多事要辦，我要去蓋伯斯及西蒙頓律師事務所辦股票過戶手續，要去麵包店做消費申訴，還要去還我們借的書。另外我也得跑一趟銀行。讓我走吧，好女孩，上午的時間很寶貴哪。」

我們約好了屆時由喬安娜開車接我回家吃午飯。

「這樣你應該有充裕的時間和嶺石塔的人打招呼啦。」

「當然囉，」我說，「到時所有不認識的人大概都認識了。」

因為早晨的鬧街是採購者的聚集天堂，也是眾人互通消息的時候。

然而，我畢竟還是沒能如願獨行到鎮上。走了約莫兩百碼後，我聽到身後傳來自行車的鈴聲，接著是煞車聲，然後梅根．韓特便從車上摔到我腳邊了。

「哈囉！」她氣喘吁吁地站起身，撢著身上的灰說。

我相當喜歡梅根這個女孩，而且常替她感到難過。

梅根是西蒙頓律師的繼女，也就是西蒙頓夫人第一次婚姻所生的女兒。沒有人願意多談韓特先生或韓特船長，想來大家還是覺得把他忘掉比較好。據聞他對西蒙頓夫人很壞，兩人結婚一兩年後，夫人就和他離婚了。西蒙頓夫人有自己的收入，她與女兒為了「忘卻過去」而定居在嶺石塔鎮，最後嫁給了鎮上唯一合格的單身漢——理查．西蒙頓。夫人第二次婚姻生了兩名男孩，孩子極受父母疼愛。我猜梅根在家裡有時候會覺得自己是多餘的吧。梅根一點也不像她那位嬌小孅弱、韶華漸逝的母親，西蒙頓夫人說話時聲音纖細而抑悶，大概與健康有關。

梅根是位高大但舉止笨拙的女孩。儘管已經二十歲了，看起來卻還像十六、七歲的中學生。她有一頭凌亂的褐髮、灰綠色眼睛、瘦削的臉龐，微笑時嘴角微斜，異常嫵媚。她的衣著灰暗而毫無引人之處，而且棉線長筒襪上老有破洞。

今天早上我看她不怎麼像人，反倒像匹馬。老實說，她若是稍加修飾，可能是匹非常不錯的馬。

梅根和平常一樣急切地喘著說話。

「我剛去了農場，就是拉什爾家的那個農場，我去看他們有沒有鴨蛋。他們養了好多可愛的小豬喲！你喜歡豬嗎？我甚至連豬的味道都喜歡耶！」

「豬若養得好，應該是沒什麼味道的。」我說。

「會沒有味道嗎？這兒的豬都有氣味。你要去鎮上嗎？我看只有你一個人，所以才停下來想陪你，只是我煞車煞得太急了。」

「你的襪子磨破了。」我說。

梅根十分惋惜地看看自己的右腿。

「真的耶。不過這襪子本來已經有兩個破洞了，所以不要緊，對吧？」

「梅根，你從來不補襪子嗎？」

「有啊，被媽媽逮到的時候會補一補。不過她不太注意我在幹什麼……所以我還算滿好運的，對吧？」

「你好像不知道自己是成人了。」我說。

「你的意思是，我應該學你妹妹一樣？」

我不太喜歡她那樣說喬安娜。

「她看起來乾淨整潔又賞心悅目。」我說。

「她好漂亮哪。」梅根說，「一點也不像你，對吧，為什麼會這樣？」

「兄妹不見得一定會像啊。」

「當然啦。我跟布萊恩和柯林也不太像。而且布萊恩和柯林彼此也不像。」她頓了一下後又說：「很奇怪吧？」

「什麼很奇怪？」

梅根簡短地答道：「家族關係。」

「我想是的。」我說。

我真想知道她腦子在想什麼。我們兩個默默地走了一兩分鐘後，梅根羞怯地問道：「你是開飛機的，對吧？」

「沒錯。」

「是飛行時受傷的？」

「是的，我的飛機出事了。」

梅根說：「這裡沒人會開飛機。」

「沒有，」我說，「我想沒有。你想開飛機嗎，梅根？」

「我？」梅根似乎很詫異。「天哪！不行啦，我會暈機。我連坐火車都會暈呢。」

她停頓片刻，孩子似地坦白問道：「你會康復到可以重新開飛機嗎？還是會像現在一樣永遠不良於行？」

「醫生說我會沒事的。」

「話是這麼說啦，但那位醫生是不是會說謊的人？」

「我覺得不是。」我答道，「事實上，我對復元也很有信心。我信任他。」

「那就好。不過很多人都會撒謊。」

我默默接受了這項無法否認的事實。

梅根以一種理所當然的口吻說道：「我很高興。我本來擔心你是因為會終生殘廢，所以看起來脾氣很暴躁哩。不過如果你天生脾氣就差，那又另當別論了。」

「我的脾氣一點兒也不暴躁。」我冷冷地說。

「那就是易怒囉。」

「我易怒是因為我想早點好起來，可惜這種事急不來。」

「你幹嘛要急呢？」

我大笑起來。

「親愛的小女孩，難道你沒急過嗎？」

梅根考慮片刻後說：「沒有，我為什麼要急？有什麼值得急的？反正從來也沒發生過什麼事。」

她話中的落寞觸動了我。我柔聲問道：「你平時都做些什麼？」

她聳聳肩。

「哪有什麼可做的。」

「難道你沒有任何嗜好嗎？你打球嗎？身邊有沒有朋友？」

「我很不會打球，也不愛。這地方女孩不多，僅有的幾個我也不喜歡。她們都認為我很討厭。」

「胡說八道！為什麼她們會那樣想？」

梅根搖搖頭。

「你從來沒上過學嗎？」

「有啊，只是我一年前休學了。」

「你喜歡上學嗎？」

「還可以啦，不過他們的教學方式很笨。」

「你這話什麼意思？」

「嗯，反正就是東拼西湊，那個學校很便宜，老師都不太優秀，問題都回答不好。」

「這點很少有老師能做得好。」我說。

「為什麼做不好？他們應該要做好的啊。」

我表示同意。

「當然我自己也很笨啦。」梅根說，「對我而言，很多東西都是亂講，拿歷史來說吧，不同的書上寫的就很不一樣。」

「那正是歷史的趣味所在。」我說。

「還有文法，」梅根繼續發表看法。「和無聊的作文。什麼雪萊寫雲雀吱吱喳喳亂叫，還有華茲華斯寫的那個什麼爛水仙，以及莎士比亞……」

「莎士比亞哪裡不對了？」我饒有興致地追問。

「他老是拐彎抹角的，淨講一些讓人聽不懂的話。不過，莎士比亞有些作品我還是滿喜歡的。」

「我想他老人家地下有知，一定會非常滿足。」我說。

梅根沒聽出我話裡的譏諷，兀自滿臉放光地說：「比如說，我喜歡《李爾王》裡的大女兒和二女兒[1]。」

「你怎麼會喜歡她們兩個？」

「我也不清楚。從某種角度看，她們令人覺得很過癮。你認為她們為什麼會那樣？」

「會怎樣？」

「那樣對她們父親嘛。我的意思是，一定有什麼原因讓她們變成那樣。」

我第一次去想這個問題，我向來認為李爾王的兩個大女兒很歹毒，沒做多想。但是梅根的問題引發了我的興趣。

「我會好好想一想。」我說。

「噢，其實沒什麼大不了，我只是想知道而已。反正只不過是英國文學罷了，對吧？」

「是啊。可是你都沒有喜歡的科目嗎？」

「我只喜歡數學。」

「數學？」我吃驚地表示。

梅根的表情又是一亮。

「我喜愛數學，但老師教得不怎麼好。我很想學好數學，我覺得數字是很奇妙的東西，你覺得呢？」

「我從來沒有這種感覺。」我老實答道。

此時我們來到鬧街了，梅根立刻嚷道：「那就是葛菲詩小姐，可惡的女人。」

「你不喜歡她？」

「我討厭她。她老是叫我參加無聊的女童軍。我很討厭女童軍，幹嘛穿成那樣在野地亂跑，而且還戴上名不副實的徽章？簡直無聊透頂。」

大體而言，我很贊同梅根的看法。可是我還沒來得及表示贊同，葛菲詩小姐就闖到我們中間了。

歐文醫生的妹妹大剌剌地加入我們的談話，艾美這名字和她實在極不相稱，她有著哥哥所欠缺的穩健。她是位英姿勃發、十分爽氣的女子，有副低柔的嗓音。

「哈囉，兩位好！」她朝我們喊道，「今早天氣真不錯啊！梅根，我正想找你。我想找人幫保守黨協會抄信封地址。」

梅根語焉不詳地嘟囔了幾句，把自行車靠在人行道邊，然後衝進了國際商店。

「這孩子怪怪的，」葛菲詩小姐望著她的背影說，「滿懶的，很愛閒晃。可憐的西蒙頓夫人也真夠受的，我知道她媽媽不只一次想讓她學點專長，速記、打字、烹飪或養兔子，可惜都沒成功。她就是對生活提不起勁。」

她的話也許沒錯，但我覺得若與梅根異地而處，我也會堅決拒絕艾美．葛菲詩的任何建

1　大女兒和二女兒以甜言蜜語欺騙父王，將土地悉數分給兩人，並將三女兒掃地出門，最後遭三女兒討伐。

議，因為她那咄咄逼人的樣子，實在令人不敢恭維。

「人不該怠惰，」葛菲詩小姐繼續說道，「年輕人尤其不能。梅根若是漂亮點也就罷了，有時我真覺得這女孩腦子笨笨的，讓她媽媽大失所望。你可能也知道，」她壓低聲音說，「她爸爸不是什麼好東西，我看這孩子八成像到他。她媽媽也夠苦的了。話說回來，林子大，什麼鳥都有，這世界就是這麼回事。」

「也幸好是這樣！」我應道。

艾美．葛菲詩愉快的笑出聲來。

「沒錯。要是大家都是同類人，也會有問題。只不過我討厭看人家活得不痛不癢。我自己很享受人生，也希望別人如此。人家會問我說，你整年住在鄉下，一定無聊得很。我說一點也不會，我總是忙得很愉快。鄉下的事務從來不會間斷，我的時間全花在女童軍、學院和各種委員會上……這其中還不包括照顧歐文喔。」

這時，葛菲詩小姐看見對街有熟人，喊了一聲後便躍過馬路，丟下我逕自摸去銀行了。

我很欽慕葛菲詩小姐的熱情與活力，她總是笑臉迎人，不若許多婦女只會竊竊地猛發牢騷，但話說回來，我還是覺得葛菲詩小姐太強勢了。

銀行的事，交易得很順利。接著，我又到蓋伯斯兄弟和西蒙頓開設的律師事務所。我實在不知道這個蓋伯斯兄弟是否還健在，因為我從未見過他們。我被領進理查．西蒙頓的辦公室，裡頭飄著老事務所特有的宜人氣息。

辦公室中無數的合約箱上，貼著霍普女士、艾佛拉德．卡爾爵士、威廉．葉茨、比．霍爾斯先生（已故）的記號，營造出鄉下名門望族及合法老店的氛圍。

趁西蒙頓先生低頭看我帶來的文件空檔，我打量了他一下。我發現，如果西蒙頓夫人的第一次婚姻遇人不淑，那麼她在選擇第二次婚姻時必然十分慎重。理查．西蒙頓沉穩莊重，是那種不會給妻子帶來一絲焦慮的男人。他脖子很長，喉節突出，臉色稍顯灰白，鼻子長且薄。毫無疑問，他很友善，是個好丈夫、好父親，卻不是個能讓你脈搏狂跳的男人。

不久，西蒙頓開口說話了。他話說得很清楚、很慢，讓人覺得他極具判斷力與洞察力。問題解決後，我起身準備離去，同時表示：「我今天是和您的繼女一塊下山的。」

西蒙頓愣了片刻，彷彿一時間不知道所謂的繼女所指何人，然後他笑了笑。

「噢，是的，你是指梅根吧。她……已經休學一段時間了。我們在考慮給她找點事做，是的，找點事做。但她還太小，而且比她同年紀的顯小得多，他們都這樣說，他們都這樣對我說。」

我走出他的辦公室。外邊辦公室有位年邁的男人坐在椅子上，緩慢而吃力地寫著什麼。還有一名矮小賊溜的男孩，以及一名滿頭鬈髮、戴著夾鼻眼鏡、快速打著字的中年婦女。

如果她就是金琪小姐的話，那麼我和歐文．葛菲詩的看法就一致了……此姝絕不可能和上司有曖昧關係。

我走進麵包店，抱怨葡萄乾麵包難吃。對方對我這位顧客的抱怨驚呼一聲，表示無法置信，然後把一條新出爐的葡萄乾麵包塞進我懷裡，他們說：「這是剛剛出爐的。」那麵包火燙燙地貼在我胸膛上，證實他們所言不假。

走出麵包店後，我在街道上來回張望，希望能看見喬安娜和車。走了那麼一大段路，令我十分疲累，而且拿著拐杖和麵包，走起來也很怪。

可是我始終不見喬安娜的身影。

突然間，我驚喜地瞥見了一個人。

只見一位女神沿著人行道向我飄然行來……我實在找不出別的字眼來形容了。

那女子面容絕美，一頭秀麗的金色鬈髮，身材婀娜曼妙，輕盈修長！走路時宛若女神，翩然生姿，朝我愈飄愈近。簡直令人驚豔！

我狂喜而無法自已，手裡的麵包便鬆落了。我彎腰去撿，卻連拐杖也跟著掉了。拐杖重重摔在人行道上，我腳底一滑，險些摔倒。

是女神一把將我扶定，我開始結巴起來。

「非常感……感謝，真……真……真……對不起。」

她已撿起那塊葡萄乾麵包，將它和拐杖一起遞給了我。她親切地微笑道：「不客氣，舉手之勞而已，真的。」

神奇的魔法在她那呆板而乏味的聲音中，全然幻滅了。

所謂的女神，不過是位看來健康、身材不錯的好女孩而已。

我不禁想到，若諸神賦予特洛伊的海倫[2]那同樣乏味的聲腔，事情會如何發展。多奇怪啊，女子若不開口，可以讓你心靈的最深處都騷動起來，而一旦張口，其魅力就像未曾存在過般地消失無蹤。

我倒是見過相反的情況。我遇過一個悲傷、長著猴子臉的小女人，平時誰也不會多看她一眼。然而當她一開口說話，魔力頓然而生且有增無減，就像埃及豔后再次施了魔法一般。

在我沒注意時，喬安娜已經將車停在路邊了。她問我出了什麼事。

「沒事。」我收住奔騰的思緒說道，「我在想特洛伊城的海倫和其他的事。」

「在大街上想這些也太好笑了吧！」喬安娜說，「瞧你站在那裡張大嘴，緊抱著麵包的樣子，實在有夠怪異。」

「我剛才經歷了一次休克，」我說，「魂遊到特洛伊後又回來了。」

「你知道那是誰嗎？」我指著正飄然遠去的那道背影問道。

喬安娜凝視著那女子的身影，說是西蒙頓家的家庭教師。

「你就是為她神魂顛倒呀？」她問，「她是很好看，可惜有點古板。」

2　海倫（Helen），希臘傳說中最美麗的女人，是天神宙斯（Zeus）的女兒。帕里斯（Paris）是特洛伊國（Troy）的王子，對海倫一見傾心。愛與美的女神阿芙蘿黛蒂（Aphrodite）承諾幫助帕里斯，讓絕世美女海倫對他動情，而海倫當時已是斯巴達國王之妻。當海倫隨帕里斯離去後，引起希臘城邦與特洛伊之間長達十年的戰爭。

「我知道，」我說，「只是個善良的女孩罷了，我剛才還把她看成阿芙蘿黛蒂哩。」

喬安娜打開車門，我鑽進車裡。

「很可笑，對吧？」她說，「有些人美豔絕倫，卻毫不性感。那女孩就是這樣，滿可惜的。」

我說，如果她是家庭教師，那倒也合適。

03

那天下午，我們與卜艾先生一起飲茶。

卜艾先生是極娘娘腔的矮胖男子，酷愛他的十字花繡座椅、名牌瓷器及各種廉價的小飾品。他住在一家古修道院殘垣舊址上的院長宿舍。

院長宿舍本身就非常精美，而在卜艾先生的精心呵護下，更顯得美輪美奐。家具無一不經過打蠟刷漆，件件擺在最適合的地方。色調雅致的窗簾和靠墊，也都選用了最昂貴的絲綢製成。

這簡直不是男人的房子，住在裡頭，很像是住在博物館特定時代的展覽廳一樣。卜艾先生日常生活中最大的享受，就是帶人參觀自己的房子，連那些對這一切毫無興趣的人，也絕不放過。即使你認為只要用幾堵牆圈起來，擺個收音機、酒吧檯、浴室和床鋪，就可以好好過日子，卜艾先生也不會死心，非領著你去看他的精心布置不可。

在向我們描述他的心愛珍藏時，卜艾先生的小肥手常會因激動而發顫。談到他如何將那套義大利床架從義大利北部帶回來的精采過程，聲音還拔高得有如假聲。

由於我和喬安娜都喜愛古玩與古董家具，因此頗獲他的讚許。

「我們這種小地方能增添二位這樣的人才，真令人高興，這真是太棒了。這邊淨是些老實的鄉下人——都沒見過世面，什麼也不懂，對藝品更是一竅不通，要說啊，簡直是野蠻人！說到他們家裡的擺設，小姐，我保證您看了一定會掉淚。也許您已經掉過淚了？」

喬安娜說她還不至於到那步田地。

「不過你明白我的意思吧？他們簡直把東西亂混一氣！我就親眼看見一小件賞心悅目的薛萊頓家具[3]——既精緻又完美，應該讓收藏家珍藏才對——旁邊竟然擺了一張維多利亞式茶几，還是燻橡木做的旋轉書櫃，真是的，竟然連燻橡木都擺在那裡。」卜艾先生低聲發著顫說：「人們怎麼會如此盲目？我相信你們一定會同意，美是我們唯一值得生存的理由。」

喬安娜像被他的熱誠催眠了似的，直說沒錯。

「那到底為什麼，」卜艾先生問道，「人們要用醜陋來包圍自己呢？」

喬安娜說這的確非常奇怪。

「什麼奇怪而已，簡直是種罪行。我覺得這叫犯罪！他們竟然還有臉找藉口！說這樣才舒服，才特別。特別？這什麼鬼說法！

「就說你們現在住的那棟房子，」卜艾繼續說道，「艾蜜莉．巴頓小姐的房子很有風格，她有一些很不錯的家具，非常不錯。其中一兩件真可謂上品，而且她滿有品味的，不過我不確定我和她的品味一樣。我想有時是因為感情因素吧，她喜歡維持原狀，不是為了花樣和色彩，也不是為了和諧好看……而是因為她母親就是那樣擺放。」

他把注意力轉向我，語氣也從狂熱的藝術家變成了三姑六婆。

「你們不清楚她家的歷史吧？我想也是，透過房屋仲介，怎會知道。不過，親愛的，你們兩個早該知道那個家庭了。我來這兒時，她們的母親還健在。那老太太真是不可思議……你你很難想像！簡直是個怪物，如果你們懂我意思的話。她真的是個不折不扣的怪物，一個守舊、維多利亞時代的怪物，硬把自己的孩子生吞活剝，最後終究毀了她們。老太太很碩壯，起碼有二百四十磅重，五個女兒都得圍著她忙。『女孩們』，她總是這樣喊她們。還女孩呢，最大的那時都已經過了花甲之年。『那些蠢丫頭』，有時她也這樣叫她們。她們的地位跟黑奴一樣，端這拿那的，而且不准與她意見相左。十點一到她們就得上床睡覺，臥房裡連火也不准生，至於請朋友到家裡玩，更是門兒都沒有的事。你們知道嗎，她鄙視她的女兒，嫌她們嫁不出去，可是在她的掌握下，她們根本不可能遇上任何人嘛。我記得好像是艾蜜莉或愛妮斯，曾與一名助理牧師談過戀愛。但對方家境不夠好，老太太很快就下令不准。」

3 薛萊頓家具（Sheraton），西元一八〇〇年前後的一種家具風格，特點是直線條、多鑲飾。

「聽起來像小說一樣。」喬安娜說。

「噢，親愛的，的確如此。後來那可怕的老太太死了，可惜為時已晚。一群姐妹繼續住在那兒，用蒼老的聲音談著老媽媽會希望她們怎麼做。她們連幫房子重新糊紙，也覺得是在褻瀆神明。不過她們還是在這個教區裡過著恬適的生活……只是她們都不怎麼長壽，一個接一個死了。流行感冒奪走了伊蒂思的生命，米妮動手術後身體就沒再復元，可憐的梅貝兒中了風……艾蜜莉非常細心地照料她。可憐的艾蜜莉，過去這十年除了照顧病人之外，什麼事都沒做。她真是位迷人的老太太，不是嗎？就像一件上好的瓷器。她的經濟窘況實在令人心疼……不過所有生錢工具都貶值了，也沒辦法。」

「占據了她的房子，我們也覺得很不忍。」喬安娜說。

「噢，不，可愛的小姐，你可別這麼說。她們家的斐羅絲對她很忠心，老太太親口告訴我說，很高興能有這麼好的房客。」說到這裡，卜艾先生微微鞠了個躬。「她說她覺得自己很好運。」

「那棟房子，」我說，「有一種撫慰人的氣氛。」

卜艾先生很快瞄了我一眼。

「真的嗎？你有那種感覺？這倒很有趣。這我不確定，真的，我不確定。」

「你這是什麼意思，卜艾先生？」喬安娜問。

卜艾先生攤攤他的肥手。

「沒什麼，沒什麼。人都會懷疑的嘛。我也很相信氣氛這種東西，人的思想和感情，會在牆上和家具上留下烙印。」

有一兩分鐘我沒開口。我四下環顧一番，琢磨著該如何描述院長宿舍的氣氛……就我來看，我卻覺得它毫無氣氛可言，真是奇也怪哉。

我浸淫在自己的思緒中良久，沒聽見喬安娜和主人間的對話。直到我聽見喬安娜在做告別前的客套時，才從夢境中神遊回來，然後也跟著客套一番。

我們一同來到門廳。就在我們朝前門走時，一封信自信箱掉了出來，落在腳墊上。

「是下午的郵件，」卜艾先生邊撿邊低聲說，「親愛的，你們會再來吧？能遇到你們這樣見多識廣的人，真是愉悅。我指的是懂得欣賞藝術的人。真的，如果你跟鎮上這些老實人提到芭蕾舞，他們會認為那是古早古早踮著腳尖、穿著紗裙、讓老紳士拿著望遠鏡看的那種舞蹈。這種看法確實也沒錯……只是整整落後了五十年！我就是這樣損他們的。英國是個很棒的國家，它有許多閉塞的地區，而嶺石塔即為其一。從收藏家的角度來看其實很有意思，我老是覺得，自己一到這裡，就像被玻璃罩罩起來似的。因為這個平靜的小鎮，什麼也不會發生。」

和我們握過不只兩回手後，卜艾先生輕手輕腳地扶我進了汽車。喬安娜手握方向盤，緩緩繞過一片未被踐踏的草坪，然後向前直行。她舉起一隻手，向仍站在房前台階上的主人揮手告別。我身體前傾，也向他揮手。

不過我們的告別沒得到回應，因為卜艾先生已經拆開信了。

他站在那裡，呆望著攤在手裡的信紙。

喬安娜曾說他像個粉嘟嘟的胖小孩……此刻他還是很胖，但不像個孩子了。他的臉脹得醬紫，因憤怒與驚詫而扭曲變形。

就在這時，我忽然發現那信封看來有些眼熟。剛才看到它時，我還沒有想到……但有些東西你就是會下意識地記在心裡，只是並未察覺而已。那個信封就屬於此類。

「天哪！」喬安娜說，「那傢伙被什麼咬到了嗎？」

「我猜，大概又是那隻看不見的黑手吧。」我說。

喬安娜轉向我，臉上的表情驚疑不定，連車都開歪了。

「小心點，小姐！」我說。

喬安娜重新把注意力放在道路上。她眉頭緊鎖。

「你的意思是說，和你收到的信一樣？」

「我猜是。」

「這到底是什麼地方呀？」喬安娜問，「看起來明明就是那種單純無害的英格蘭小鎮嘛……」

「就像卜艾先生說的，『什麼也不會發生』。」我插話道，「他選錯了說話的時機，事情已經在發生了。」

「可是，這些玩意兒到底是誰寫的呢，傑瑞？」
我聳聳肩。
「親愛的大小姐，我怎麼會知道呢？我猜大概是本鎮某個腦子有毛病的人吧。」
「可是為什麼呢？這麼做似乎很蠢哪。」
「你得去讀佛洛伊德和榮格等人的著作才能找到答案，或者去問問歐文醫生也行。」
喬安娜搖搖頭。
「歐文醫生不喜歡我。」
「他又沒見過你幾次。」
「不過也夠多了，要不然他不會一見我從鬧街過來，就趕緊溜掉。」
「的確很反常，」我同情地說，「你一定很不習慣人家這樣對你。」
喬安娜的眉頭又皺起來了。
「是啊。說真的，傑瑞，為什麼會有人寫匿名信？」
「正如我所說的，他們的腦子有病。我想這能滿足某些衝動吧，如果你遭到冷落、忽視或挫折，生活平淡又空虛，那麼暗地裡捅那些幸福快樂的人一刀，大概會讓人覺得很有活力吧。」
喬安娜哆嗦道：「這實在很不好。」
「是啊。這種鄉下地方的人，大概都是近親通婚的吧……所以才會生出這麼多怪胎來。」

「我猜是某個沒受過教育、話都說不清楚的傢伙幹的吧？和受過良好教育的人……」

喬安娜沒把話說完，而我則默不作聲。我向來不認為教育是治癒萬惡的萬靈丹。

車子駛過小鎮，爬上山路之前，我好奇地注視著鬧街上稀疏的行人。寫匿名信的人，是否就是其中某個緩步而行、身材壯實的鄉下婦女？她那平靜的面容下，是否隱藏著私憤和惡意，也許她此時正在盤算進一步的惡意報復？

然而我還是沒怎麼正視這檔事。

§

兩天後，我們去參加西蒙頓家的橋牌聚會。

這是個週六的下午，西蒙頓家向來在星期六舉行橋牌會，因為那時不用上班。牌局分為兩桌，成員有西蒙頓夫婦，我們兄妹，葛菲詩小姐，卜艾先生，巴頓小姐和奧波登中校。我們以前沒見過奧波登中校，他住在七英里外一個叫康碧克的村子，是位矯情頑固、典型的保守份子。此人年約六十，喜歡打他所謂的「猛牌」（通常這種牌的得分會比對手高出一大截）。他為喬安娜深深著迷，整個下午眼睛幾乎都盯在她身上。

我不得不承認，我家妹子可能是嶺石塔長久以來最吸引人的女子。

我們抵達時，孩子們的家教愛瑟．霍蘭正在華麗的寫字檯裡找另一張記分板，她拿著記分板，迷人地款擺過地板，和我第一次見到她時並無二致，可惜她的魔法已經無法再施展第二次了。我十分懊惱，現實竟是如此殘酷，真是糟蹋了她那臻於完美的體型和臉蛋。但此刻我更清楚無誤地注意到她那些宛如墓碑的大白牙，以及她大笑時露出牙齦的樣子。慘的是，她也是那種喋喋不休的女孩。

「西蒙頓夫人，是不是這些？我實在很笨，老忘記上次擺在哪裡。這恐怕我難辭其咎了，上次我正拿著，布萊恩卻喊著說他的車子給卡住了，於是我跑出去，東忙西忙了一陣後，八成不知塞到什麼地方去了。我現在看出來了，這些不是我要找的，邊邊的地方有點發黃。要不要我叫艾尼斯五點上茶？我馬上把孩子帶出去玩，你們好靜靜地玩牌。」

善良伶俐的好女孩。我看到喬安娜的眼神，她眼底含笑，我冷冷地瞪她一眼。這個該死的喬安娜總是知道我在想什麼。

眾人開始入座玩牌。

我很快就摸清嶺石塔每個居民的牌技了。西蒙頓夫人是位橋牌高手，也相當沉迷其中。像多數談不上有知識的女人一樣，她不僅不笨，且具有與生俱來的精明。她先生是位穩重的好牌手，但有點過於謹慎。卜艾先生的牌藝不錯，很愛叫牌出價。由於聚會是為我和喬安娜辦的，所以我們兄妹與西蒙頓夫人和卜艾先生同桌較量。西蒙頓先生的職責則是平息風波，調解他那三位牌友間的摩擦。正如我剛才所言，奧波登中校擅長打「猛牌」。巴頓小姐是我碰過最差的橋牌手，但她自己卻玩得非常開心。她確實很會跟牌，但不懂判斷牌的強弱，不會比分，因此接二連三地被人誘導出錯牌；她不知道自己有哪些王牌，也老是忘記。艾美．葛菲詩的牌技，套她自己的話說：「打牌就打牌，玩什麼陰的……這種無聊的技巧我是不玩的。我說一就是一，也不查打出來的牌！反正只是遊戲嘛！」所以啦，主人真的十分難當。

儘管如此，牌局進行得還算和諧。奧波登中校由於隔著一張桌子注視喬安娜，偶爾會忘記出牌。

茶點放在飯廳大桌上，牌局快結束時，兩名活潑興奮的小男孩闖了進來。西蒙頓夫人帶著母親的驕傲，微笑著為大家做介紹，孩子的父親亦然。

茶點快用完時，一道影子落在我的盤子上。我扭頭看見梅根站在落地窗邊。

「噢，」她母親說，「這是梅根。」

她的語氣有些吃驚，彷彿已忘了梅根的存在。

梅根走進來和大家握手，她舉止笨拙，毫無儀態可言。

「親愛的，我好像忘記準備你的茶點了。」西蒙頓夫人說，「霍蘭小姐和弟弟們把他們的茶點帶出去吃了，所以沒有剩下的。我忘了你沒和他們在一起。」

梅根點點頭。

「沒關係，我去廚房看看還有沒有。」

梅根無精打采地走出房間。她和平時一樣，穿著邋遢，兩個腳後跟都露出來了。

西蒙頓夫人抱歉地小聲笑著說：「可憐的梅根，正值尷尬年齡，你們知道。女孩子在離開學校、完全長大成人之前，總是很害羞笨拙的。」

我看見美麗的喬安娜將頭一揚，我知道這是她的挑釁動作。

「可是梅根已經二十歲了，不是嗎？」她說。

「噢，那是沒錯，沒錯，當然，但她還是很幼稚，還只是個孩子。我覺得女孩子別太快成熟也很好啊。」她又笑了。「我想所有的媽媽都希望自己的孩子別長大吧。」

「我不懂這道理何在，」喬安娜表示，「如果孩子的身體成熟了，而心智卻還停留在六歲，那不是很奇怪嗎？」

「噢，包頓小姐，你不能只聽字面的意思。」西蒙頓夫人說。

那一刻，我忽然覺得自己不太喜歡西蒙頓夫人。我覺得她那蒼白枯萎的容顏下，潛藏著自私與貪婪的本性。她又說話了，我因此更加討厭她。

「可憐的梅根，她是個相當難纏的孩子。我一直努力想給她找點事做……我想她可以透過函授學點專長，像設計裁縫之類的，或者她可以試著學學速記和打字。」

喬安娜眼裡的怒氣猶在，眾人重新回到橋牌桌前時，她說：「我猜梅根常去參加派對之類的活動吧，你們打算幫她辦舞會嗎？」

「舞會？」西蒙頓夫人似乎頗感吃驚、好笑。「噢，不，我們這裡沒有那種習慣。」

「我明白了。那平常就是大家一起打打網球之類的吧。」

「我們的網球場已經很多年沒有人用過了。理查和我都不會打，我想等以後兒子們長大吧……哎呀，梅根會有很多事情做的，她光是閒晃就很樂了。讓我想想，我發過脾了嗎？八墩無王。」

開車回家的時候，喬安娜狠狠地踩著加速器，車子向前方疾馳，她說：「我真為那女孩難過。」

「梅根嗎？」

「是啊，她媽媽不喜歡她。」

「噢，別這樣，喬安娜，事情沒那麼糟。」

「就有那麼糟。有很多母親並不喜歡她們的孩子，我想梅根在家裡一定很尷尬。她與西蒙頓一家格格不入。沒有她，那個家依然完整……這對一個敏感的孩子來說，是種非常難過的感覺，而梅根真的很敏感。」

「沒錯。」我說，「我想她是個敏感的女孩。」

我沉默片刻。

喬安娜突然頑皮地大笑起來。

「你那位女家教真是太可惜了。」

「我不懂你的意思。」我裝傻說。

「少來了！你每次看她的時候，就一臉懊悔。我同意你的看法，真的滿暴殄天物。」

「我還是不懂你在說些什麼。」

「不過我還是很開心啦，這表示你在復元。在醫院時我很擔心你，你從來都不看照顧你的那個漂亮護士一眼。她又迷人又風騷，簡直是上帝賜給男病患的禮物。」

「喬安娜，你說話也太低俗了吧。」

我老妹絲毫不理會地繼續說道：「所以看到你色心未泯，會注意到漂亮女人的存在，做妹妹的我也就放心了。她很漂亮，可惜毫無性感可言。傑瑞，你不覺得很奇怪嗎，有些女人就是具有別人沒有的特質。她雖然只說了一句『天氣很糟』，卻能使身邊聽到這話的男人為之神迷，吸引大家過來跟她搭訕。這到底是什麼東西在作祟？我覺得上帝偶爾也會犯錯，既然給了一個人如愛神般的臉蛋和身材，就該賦予她相符的氣質。搞錯的話，愛神的氣質跑到了某個長相平庸的女人身上，徒然令其他女人跳腳……『真搞不懂男人到底看上她哪點，她根本一點都不漂亮嘛。』」

「你說完了沒，喬安娜？」

「你也同意我的說法吧？」

我咧嘴笑了。

「我得很無奈地承認，是的。」

「那我就不知道這兒還有誰會投你所好了。也許你得指望艾美．葛菲詩了。」

「饒了我吧！」我說。

「她長得挺美的。」

「太壯了點。」

「我看她活得滿開心的，」喬安娜說，「開朗到令人討厭，是吧？說她習慣每天早上洗冷水澡，我也不會訝異。」

「你自己有何打算？」我問。

「我？」

「是的。我還算了解你，你在這裡也會需要找點樂子。」

「是誰目前情緒低落來著？何況，你忘記保羅啦？」喬安娜低嘆一聲，可惜說服力不大。

「我大概不會像你那麼快忘掉他。我保證不出十天，你就會說：『保羅？哪個保羅？我從來沒認識一個叫保羅的。』」

「你是說我水性楊花嗎？」喬安娜說。

「遇到像保羅那樣的人，我還真巴不得你水性楊花哩。」

「你反正從來沒喜歡過他，但他真的是位天才。」

「也許吧，不過我還是保持懷疑。反正就我所知，天才都很討人厭。我想，在這裡你就找不到天才。」

喬安娜微傾著頭，考慮片刻。

「恐怕是的。」她遺憾地說。

「你還可以指望歐文．葛菲詩啊。」我說，「他是這裡唯一還沒訂婚的人，除非你把奧波登中校也算在內。那傢伙整個下午跟隻餓犬一樣，死盯著你不放。」

喬安娜大笑。

「真的耶，我都快尷尬死了。」

「少裝了！你從來就不會不好意思。」

喬安娜默默將車駛進大門，來到車庫。

然後她說：「你剛才那番話可能有些道理。」

「哪番話？」

喬安娜答道：「我不懂為什麼有男人會故意揚長而去地避開我。再怎麼說，這都非常有失禮節。」

「我懂了。」我說，「這樣你反而會不擇手段地想把他追到手。」

「我只是不喜歡有人避開我。」

我小心地慢慢下了車，放好拐杖，然後對妹妹提出建議。

「小女孩，聽我的話。歐文．葛菲詩可不像你那些溫順、自傷自憐的文藝青年，不小心的話，只怕你會玩火自焚。那個男人可能很危險喔。」

「噢，你這樣覺得呀？」喬安娜一臉期待地問。

「你還是少碰那傢伙為妙。」我義正辭嚴地警告她。

「明明看見我來了，他竟然還穿過馬路去。」

「你們女人都是一個樣子，想不開。如果我沒料錯，你會惹得他妹妹艾美拿刀殺過來。」

「她反正已經不喜歡我了。」喬安娜沉思片刻後說。

「我們來這兒，」我正色道，「圖的就是清靜，我不想多生枝節。」

然而事實證明，我們根本就享受不到任何清靜。

04

約莫一週後，帕翠姬告訴我說，可以的話，貝克太太想和我說一兩分鐘的話。

我對這個名字一點印象也沒有。

「貝克太太是誰？」我不解地問，「她去見喬安娜行不行？」

但問題是，對方想見的人是我。後來我才知道，原來貝克太太是碧西的母親。

我早忘記碧西這號人物了。這兩個星期來，我一出現，就覺得有位額前幾縷灰髮的中年婦女，會像螃蟹一樣地跪著從浴室、樓梯和過道上退出去。我知道她是新來的日傭，除此之外，我根本沒多留意。

知道喬安娜不在時，我已找不出理由拒絕碧西母親的求見；不過老實說，這件事讓我有點緊張。真希望我沒有被控玩弄碧西的感情。我一面在心裡詛咒那惡劣的寫匿名信者，一面大聲叫人帶碧西的母親到我面前。

貝克太太是位高大壯碩、滿面風霜的婦女，說話語速極快。看到她面無慍色，令我鬆了一口氣。

「先生，」帕翠姬剛闔上門，婦人便說，「希望您能原諒我自作主張來見您，但我覺得來找您是最適合的。您若能告訴我，在這種情況下該怎麼做，我會非常感激，因為我認為是該想點辦法了。我這人一向乾脆，不愛無病呻吟，就像前兩個禮拜牧師布道時所說的，我喜歡『說到做到』。」

我覺得她的話有些費解，彷彿我漏掉了關鍵部分。

「當然當然，」我說，「你……你先坐下再說吧，貝克太太，我保證我會很樂意……盡一切力量幫你……」

我停頓不語，等她接話。

「謝謝您，先生。」貝克太太坐在椅子邊上。「您人真好，我很高興今天來找您。碧西在床上嚎啕大哭，我告訴她說，包頓先生會知道怎麼辦的，人家是倫敦來的紳士。我們一定得想點辦法，要不然還得了？年輕男孩子衝動又不聽勸，女孩子說的話一句也不聽。我對碧西說，如果是我，我倒是願意將我的全部都給他，可是磨坊那邊的女孩該怎麼辦呢？」

我聽得一頭霧水。

「很抱歉，」我說，「我實在沒聽懂你的話，到底出了什麼事？」

「先生，是那些信。那些惡毒下流的信，寫了些不三不四的話，比聖經寫的還那個。」

後面那句話實在大有意思，不過我沒多管，只是急急地問道：「令嬡一直都有收到這種信嗎？」

「不是她呀，先生，她只收到一封，就是害她丟掉這裡工作的那封。」

「我絕不會……」

我才剛開頭，貝克太太便堅決而客氣地打斷我。

「先生，您不必告訴我，我知道信裡寫的都是惡毒的謊言。帕翠姬小姐已向我保證過了……而我自己有眼睛也會看哪。先生，您不是那種人，這點我很清楚，您是個病人。信裡頭寫的雖不是事實，但我還是對女兒說，她最好離開，因為人言可畏。大家一定會說，無火不起煙啊。女孩子家還是謹慎點好，何況碧西接到那封匿名信後，自己也很尷尬，因此當她表示不想再到這兒幫忙時，我就跟她說沒關係。我們都很遺憾事情會變成這樣……」

貝克太太沒把話說完，她深吸口氣後又開始說：「我本來希望那樣就能遏止那些難聽的閒話了。可是現在正和碧西交往的喬治……他在車庫那邊做事，也收到一封了。信中惡意中傷我們家女兒，說她跟賴伯特家的湯姆亂搞……我可以跟您保證，先生，我女兒僅僅是出於禮貌和他打打招呼而已。」

這會兒又殺出一個賴伯特先生家的湯姆，我簡直聽暈了。

「讓我先弄清楚，」我說，「碧西的朋友收到一封匿名信，指控她和別人亂來，對吧？」

「正是這樣，先生，話講得難聽極了，用了最歹毒的字眼。喬治氣炸了，真的，他跑來找碧西說，他無法忍受她做那種事，不容許她和別人背地裡胡搞，碧西表示那全是憑空捏造，他卻說無火不起煙，然後便大發雷霆。可憐的碧西只能默默承受，所以我便說，我要直接來找您想想辦法，先生。」

貝克太太停下來，像一隻要玩把戲的狗等待犒賞般期待地看著我。

「為什麼來找我？」我問。

「我知道您本人也收過一封下流的信，因此我想，來自倫敦、見多識廣的您，一定知道該怎麼處置這種信。」

「如果我是你，」我說，「我會去找警察。這種事應當予以制止。」

貝克太太露出極度震驚的神色。

「啊？不，先生，我不能去找警察。」

「為什麼？」

「我從來沒和警察打過交道，先生，我們都沒有找過警察。」

「就算沒有吧，但警察是唯一能處理這種事的人。這是他們的職責啊。」

「去找伯特．魯道嗎？」

我知道伯特．魯道是地方警官。

「警察局還有個警佐，必定還有一個巡官。」

「要我去警察局啊？」

貝克太太用責怪與不可置信的語氣說，我開始覺得很煩。

「這是我唯一能給你的建議。」

貝克太太撇嘴不語，顯然很不服氣。她不死心地問：「這些信應當予以制止，先生，它們真的該予以制止，要不然遲早會出事。」

「對我來說這已經算出事了。」我說。

「我指的是暴力，先生，這些年輕人會鬧出亂子……老年人也一樣。」

我問：「有很多這種信在四處散布嗎？」

貝克太太點點頭。

「而且愈來愈嚴重了，先生。住在藍波爾的畢德夫婦，他們一向很恩愛，可是收到信後，那位做丈夫的也變得疑神疑鬼了，先生。」

我向前靠了靠。

「貝克太太，」我說，「寫這些可惡匿名信的人，你知不知道或能不能猜到是誰？」

她竟然出乎意料地點點頭。

「我們當然有我們的猜測，先生。是的，我們有充分的理由。」

「是誰？」

我還以為她可能不願意說出名字，沒想到她很快就答道：「是柯里特太太……大家都這麼認為，先生，一定是柯里特太太。」

今早我聽到太多名字，腦子都給攪糊塗了，我問：「誰是柯里特太太？」

原來柯里特太太是個打零工的老花匠的老婆。她住在通向磨坊的一間小屋裡。我接下來問的幾個問題，她的回答都無法令人信服。當我問到柯里特太太為什麼要寫這些信時，貝克太太只是含糊其詞地說：「這像是她會幹的事。」

最後我再次強烈建議她去找警察，而後便請她走了。我看得出貝克太太不打算採納我的意見，而且感覺得出來她對我頗為失望。

我把她說的話又重新考慮了一遍。儘管證據薄弱，但我覺得既然柯里特太太是十手所指的幕後黑手，那說不定的確是真的了。我決定去找葛菲詩先生，問問他的意見。如果他認識這位柯里特太太，覺得不無可能，那麼我或他或許可以去提示一下警方，說柯里特太太可能是此事的幕後主使。

我算好葛菲詩做完手術的時間到了那裡。當最後一個病人走後，我進了手術室。

「是你啊，包頓，你好！」

我將貝克太太的談話大致講給他聽，談到也許是柯里特太太搞的鬼。令我失望的是，葛菲詩竟搖了搖頭。

「沒那麼簡單。」他說。

「你認為幕後黑手不是這個叫柯里特的女人？」

「有可能是她，但我覺得可能性不高。」

「那為什麼大家都這麼認為呢？」

他微微一笑。

「唉，」他說，「你不懂，柯里特太太是本地的女巫。」

「天哪！」我驚叫。

「是的，這年頭這聽來確實很怪，不過事實就是這麼回事，人的感覺是會延續的，比如覺得某些人、某些家庭最好別去招惹。柯里特太太出生於這類『惹不得』的世家，而她也極力在維護家風。她是個怪人，有那種挖苦式的幽默感。假如哪個孩子割到手指、摔傷或患腮腺炎，她就會說：『誰教他上週偷我的蘋果』或『活該他欺負我的貓』等等。有些孩子的母親會很快把孩子拉走，有些女人則帶著蜂蜜或自家烤的蛋糕送給柯里特太太，以博取她的好感，以免她對他們『施咒』。聽起來很迷信可笑，不過真的就是這樣。所以現在自然而然，大家都認為是她在幕後搞鬼了。」

「但她沒有？」

「是的，她沒有，柯里特太太不是那種人。事情……事情也沒那麼單純。」

「你知道是誰嗎？」我好奇地看看他。

他搖搖頭，但眼神茫然。

「不知道，」他說，「一點也不知道，但是我不喜歡這種事。包頓……這種事會惹出亂子的。」

§

到家時，我發現梅根正坐在我們陽台的台階上，用雙膝支著下巴。

她和平日一樣，率直地向我打了招呼。

「哈囉！」她說，「我能來吃午飯嗎？」

「當然。」我說。

我轉身告訴帕翠姬，今天有三個人吃午飯時，梅根嚷道：「如果是排骨之類不好煮的東西來不及準備，我沒關係。」

我想帕翠姬一定很不以為然，她雖然一個字也沒哼，但對梅根的不屑表露無遺。

我回到陽台上。

「沒關係吧？」梅根焦急地問。

「沒關係啦。」我說，「今天吃愛爾蘭式燉肉。」

「噢，那滿像狗食的，對吧？我是說，大部分是馬鈴薯和調味料。」

「是啊。」我說。

我取出菸盒遞給梅根，她一下紅了臉。

「你真好！」

「要不要來一根？」

「不要，不過你會請我抽，真是太好了……好像真的把我當人一樣。」

「難道你不是人嗎？」我被逗樂了。

梅根搖搖頭，然後她換了話題，伸出一隻滿布灰塵的長腿讓我看。

「我把襪子補好了。」她驕傲地宣布。

我雖稱不上織補權威，但就我看來，那團與原色對比強烈、皺巴巴的奇怪補丁，大概不能稱為成功之作。

「有這個比破了洞更教人不舒服。」梅根說。

「看起來是不太舒服。」我表示同意。

「你妹妹的手藝如何？」

我想不起看過喬安娜的手藝，只得承認道：「我不知道。」

「那她襪子破了怎麼辦？」

我不太情願地說：「我想她會扔掉重買一雙。」

梅根說：「聰明。但我不能那樣做。我現在靠固定生活費過日子補貼一年四十英鎊，這點錢做不了多少事。」

我同意。梅根悲傷地說：「如果能穿黑襪子就好了，我會用墨汁把腿塗黑。我在學校時就是這麼做的，我們負責監督縫補的老師瞎得跟蝙蝠一樣，這招真的很管用。」

「肯定是的。」我說。

兩人默默無語，我則抽著菸斗。這沉默是很自在的。

梅根忽然衝口打破了沉寂。

「我想你也像別人一樣，認為我很差勁吧？」

我大吃一驚，菸斗從嘴裡掉了出來。這是根海泡石菸斗，顏色很美，結果就這麼斷了。

我生氣地對梅根說：「看你幹的好事。」

那個讓人捉摸不定的小鬼竟然不生氣，反而咧嘴大笑。

「我真喜歡你。」她說。

這句話讓人很窩心。如果狗會說話，大概也會這樣對牠的主人說話吧。我發現梅根雖然長得馬頭馬相，卻擁有狗類的特質，和人類有段差距。

「我摔了菸斗之前，你在說什麼？」我小心地撿起心愛的菸斗碎片問。

「我說，你大概覺得我很差勁吧。」梅根說，但語氣已截然不同。

「我幹嘛那樣想？」

梅根嚴肅地說：「因為我就是那樣的人。」

我立刻說：「別傻了！」

梅根搖搖頭。

「事情就是這樣，我不是真傻，但大家以為我是，他們不知道我心裡其實很清楚他們的為人，我一直很恨他們。」

「恨他們？」

梅根說：「是的。」

她用憂鬱成熟的眼神直視著我，一眨也不眨，良久且無限悲戚。

「如果你和我一樣，那麼遭受排擠，你也會恨的。」她說。

我問：「你不認為這樣很病態嗎？」

「是啊。」梅根表示，「當你講真話時，人們就這樣說你。我說的真的是實話，沒人要我，我也很清楚原因。媽媽一點也不喜歡我，我想我讓她想起我的親爸爸，而且我聽說爸爸對她很壞，是個很可怕的人。只不過做媽媽的不能說『我不要孩子』就一走了之，或是把他們吃掉，貓就會吃掉牠們不喜歡的小貓。我覺得這很合理啊，簡單明瞭。可是人類的母親卻必須保護自己的孩子並照顧他們，我被送到學校時情況還沒這麼糟……你知道的，媽媽只想和繼父、弟弟們在一起而已。」

我慢慢地說：「我還是認為你這樣想很不正常，梅根。我承認你的話有部分是實情，那你為什麼不離家過自己的生活呢？」

她對我淒然一笑。

「你的意思是說，找份工作，自己獨立？」

「沒錯。」

「我能做什麼？」

「你可以去接受培訓哪，速記打字或記帳之類的。」

「我不相信自己做得來，我很笨拙，況且……」

「況且什麼？」

她原本別過臉去，這會兒又慢慢將臉轉回來，只見她紅著眼，泛著淚，用極孩子氣的口氣說道：「我為什麼要離開？為什麼要被迫離開？他們不想要我，我就偏要留下來。我要讓每個人都難受，讓所有人都不好受，一群可恨的豬！我恨嶺石塔的每個人。他們都認為我又醜又傻，我要讓他們瞧瞧，讓他們看看，我要……」

她的孩子氣與悲憤真令人無限同情。

我忽然聽見房子拐角的碎石路上傳來腳步聲。

「快站起來！」我粗吼一聲，「從客廳進屋子裡去，到二樓的浴室，就在走廊盡頭，把臉洗一下，快點！」

她笨拙地站起身，從落地窗竄了進去，這時喬安娜也繞過房子拐角來到近前。

她大叫：「天哪！我熱死了。」隨即坐到我旁邊，並用剛才包在頭上的提洛爾式絲巾搧著臉。「我真是敗給這些該死的鞋子。我走了好幾哩路呢！我知道一件事了，這種鞋不該打上這些花稍的洞洞，因為小金雀花的刺會刺進去。傑瑞，你知道嗎？我覺得我們該養隻狗。」

我說：「我也這麼想。順便告訴你，梅根會來吃午飯。」

「是嗎？很好。」

「你喜歡她嗎？」我問。

「我覺得她是個掉包兒，」喬安娜說，「你知道嘛，就是仙女把漂亮的寶寶抱走，留在門口掉包的那種笨小孩[4]。能遇到一個掉包兒也挺有意思。哎喲，我得上去換洗一下。」

「現在還不行，梅根正在梳洗呢。」

「噢？她也走了一段長路嗎？」

喬安娜取出鏡子，仔細端詳自己的面容良久。

「我覺得我不太喜歡這種口紅。」她宣布道。

梅根從落地窗走出來，她態度平靜，儀容整潔，絲毫沒露出剛才的激動。她困惑地望著喬安娜。

「哈囉，」喬安娜還在觀賞自己的大臉。「很高興你來吃午飯。天哪，我鼻子上長了塊雀斑。我得想點辦法把它弄掉，雀斑難看死了。」

帕翠姬走出來，冷冷地表示午飯已經備妥。

「走吧，」喬安娜站起來說，「我快餓死了。」

她挽起梅根的手臂，兩人一起進了屋子。

4 此為英國民間傳說。

／05

我發現我的故事中有個疏漏。到目前為止，我很少或根本沒提到丹克索夫人，或是卡勒．丹克索牧師。

然而牧師和他妻子都是本地的知名人士。丹克索也許是我碰過最不食人間煙火的人了，他只活在書本、自己的書房，以及教堂早期史的學術知識裡。反之，牧師夫人卻無所不知到令人害怕的地步。也許我故意遲遲不願提她，是因為從一開始我就有點怕她。她個性鮮明，幾乎沒什麼事不知道，完全悖離牧師娘的形象……但我捫心自問，我對牧師娘又懂什麼了？

我唯一清楚記得的牧師娘，是位安靜的女士，她全心侍候極具布道魅力的大塊頭丈夫。這位夫人很少與人閒聊，真搞不懂她是怎麼跟信眾話家常。

除此之外，我只能從小說中得知了，小說總把她們描繪成愛到處打聽閒事、言不及義的女人。這類的牧師娘可能根本不存在。

丹克索夫人從不多管閒事，但她總有辦法得知消息，我很快就發現，村裡幾乎每個人都有些怕她。她從不給建議，絕不干涉，然而對那些良心不安的人來說，她就是神的化身。

我也從未見過對物欲如此漠然的女人。天熱時她穿著哈里斯花呢裝大步穿行；在雨天甚至是風雪天時，我則見她身著印花棉衣，心不在焉地在村中街上亂跑。她面容瘦長有禮，有如獵犬，說話直率得可以。

梅根來吃午飯那天下午，丹克索夫人在鬧街上攔住我。我像往常一樣被嚇一跳，因為她走路不像走路，倒像在疾行，而且眼神總是注視著遠方的地平線，讓人覺得她是在看一哩半外的地方。

「噢，是包頓先生啊。」丹克索夫人說。

語氣十分自得，有如一個猜出艱深謎語的人。

我承認自己是包頓先生，這時丹克索夫人不再盯著地平線，而把眼神轉投在我身上。

「我到底想找你做什麼來著？」她表示。

這我可幫不了忙。丹克索夫人站在原地皺著眉，陷入深思。

「是相當令人不快的事。」她表示。

我驚訝地說：「太遺憾了。」

「噢，」丹克索夫人叫出聲來。「對了，是匿名信的事啦。你怎麼會在這邊惹出匿名信的事？」

「不是我惹出來的，」我說，「這事本來就存在了。」

丹克索夫人帶著指責的口氣說：「可是在你來之前誰都沒收過啊。」

「有啊，丹克索夫人，這問題以前就有了。」

「天哪，」丹克索夫人說，「怎麼會這樣。」

她站在那裡，目光又飄移到遠處。她說：「我覺得這實在太不應該了，我們這裡本來不是這個樣子。當然一個地方免不了會有嫉妒、敵意及各種惡毒洩憤的小事發生……但我想不出誰會幹這種事，真的，我想不出來。這事很令我心煩，因為我應該會知道的。」

她收回目光，用細小的眼睛看著我。那焦急的眼神有著孩子般坦率的迷惑。

「為什麼你應該知道？」我問。

「通常我都會知道，我總覺得那是我的職責。卡勒傳道施禮，那是牧師的職責。但是牧師若結了婚，牧師的妻子就有責任去了解人們的感受與想法，即使她無法改變什麼。我一點也猜不出究竟是誰……」她沒說完，只是漫不經心地補充說：「那些信看起來很蠢。」

「你……你本人也收過嗎？」

我不太敢問，但丹克索夫人很自然地回答了我的問題，她稍稍睜大雙眼。

「噢，是的，收過兩封……不，是三封。我已經忘記裡面究竟說了些什麼，好像是說卡勒跟學校女教師之間的什麼蠢事。很荒謬，因為卡勒絕對不會拈花惹草，完全不會。這是做神職人員幸運的地方。」

了。

「是啊，是啊。」我說。

丹克索夫人表示：「卡勒原本可以成為聖人的，只是他有點太聰明了。」

對此，我不認為自己有資格發表看法，反正丹克索夫人的話題一跳，又繼續去談匿名信

「可以說的東西那麼多，但這些匿名信都沒提，真是令人費解。」

我挖苦地說：「應該不是因為有所忌憚、收斂不說吧。」

「但是感覺上，寫信的人什麼也不知道，一件事也不曉得。」

「你的意思是……」

那對空茫細緻的眼睛直視著我。

「本地有不少婚外情發生，還有其他醜事，任何可恥的祕密都有。為什麼寫信的人不寫那些事呢？」她停了一會兒又突然問：「給你的那封信裡說了些什麼？」

「暗示舍妹並非我的親妹妹。」

「但其實她是？」丹克索夫人大方地打探。

「喬安娜當然是我妹妹。」

丹克索夫人點點頭。

「這樣你該明白我的意思了吧，我敢說還有其他事情……」

她那心不在焉的清澈眼神，意味深長地看著我。我突然明白，為什麼嶺石塔的人會怕丹

克索夫人了。

每個人的生活中都有一些隱藏的部分，希望永遠不為人知，而我覺得丹克索夫人對那些祕密知之甚詳。

聽到艾美．葛菲詩中氣十足的聲音響起時，我簡直欣喜若狂。

「你好啊，瑪德。很高興遇到你。我想把展銷工藝品的日期更動一下。早安，包頓先生。」她繼續說：「我得去雜貨店下訂單，然後再到協會去，你覺得可以嗎？」

「好，好啊，這樣很好。」丹克索夫人說。

艾美．葛菲詩進了國際商店。

丹克索夫人說：「可憐的人。」

我深感不解，她不會是在可憐艾美吧？

然而她沒有停下來解釋，只是繼續說道：「包頓先生，你知道，我很害怕……」

「害怕匿名信這件事？」

「是的，這意味著，這一定意味著……」她停下來，瞇著雙眼陷入沉思中。然後她像解決了問題似地緩緩說道：「盲目的仇恨……是的，這是種盲目的仇恨，然而即使盲人，也可能陰錯陽差地捅死別人……到時會出什麼事呢，包頓先生？」

過了一天之後，我們就知道結果了。

§

是帕翠姬告訴我們這項悲慘消息的，帕翠姬是那種唯恐天下不亂的人，每當她傳達任何壞消息時，鼻子都會因興奮而抽動。

她走進喬安娜的房間，鼻子不停地抽動，雙眼泛光，嘴巴鼓突，面露憂鬱狀。她邊拉著百葉窗邊說：「小姐，今天早上有個很可怕的消息喔。」

喬安娜還是與在倫敦時一樣，一兩分鐘後才完全意識到已經是早晨了。她說：「嗯，啊？」然後又毫無興趣地翻身睡覺。

帕翠姬把早茶放在喬安娜身邊，又開始說：「好可怕喲！嚇死人了！我聽到時簡直不敢相信。」

「什麼很可怕？」喬安娜掙扎著醒過來說。

「可憐的西蒙頓夫人，」她誇張地停頓一下。「死了。」

「死了？」喬安娜從床上坐起來，這下全醒了。

「是的，小姐，昨天下午的事。更可怕的是，她是自殺的。」

「啊，不會吧，帕翠姬？」

喬安娜真的嚇到了，因為你很難把西蒙頓夫人和自殺這種悲劇聯想在一起。

「是的，小姐，是真的，是故意的。可憐哪，若不是被逼到絕路，她是不會那麼做的。」

「被逼？」喬安娜有點不得要領。「是不是……」

她用詢問的目光看著帕翠姬，帕翠姬點點頭。

「小姐，您猜得沒錯，是一封下流的匿名信。」

「信裡怎麼說？」

帕翠姬遺憾地說，這一點她還沒有打聽到。

「那些信真是太可惡了，」喬安娜表示，「可是我了解看了匿名信之後那種教人想自殺的感覺。」

帕翠姬吸口氣，然後意在言外地說：「小姐，如果那些話是真的，也許就會了。」

喬安娜說：「噢。」

帕翠姬離開房間後，喬安娜喝完茶，披上睡袍跑來告訴我這個消息。

我想起了歐文．葛菲詩的那番話。亂槍打鳥，遲早總會射中的，這一槍現在要了西蒙頓夫人的命。表面上看，她是最不可能有祕密的女人……我想，事實上，她雖然精明，卻不具韌性，是那種喜歡依附別人、很容易崩潰的女子。

喬安娜用手碰碰我，問我在想些什麼。

我把歐文所說的話重複給她聽。

「是喲，」喬安娜立即表示，「他總是什麼都知道，那傢伙自認為無所不知。」

我說：「他很聰明。」

「他很自負，」然後喬安娜又補充說：「自負得可恨。」

幾分鐘後她又說：「這對她先生……和女兒，是多麼可怕的打擊呀。你覺得梅根會有什麼感覺？」

我表示自己實在不清楚。奇怪的是，你從來猜不透梅根會怎麼想或會有什麼感覺。

喬安娜點頭表示：「掉包兒的心思，任誰也猜不透。」

一會後喬安娜又說道：「你覺得……你願意……我想知道她願不願意過來和我們住幾天？對這個年齡的女孩來講，這種事夠她受的了。」

「我們可以去她家問問看。」我同意說。

「孩子們應該沒問題，」喬安娜說，「有那個女家教在，不過我覺得她把梅根搞得七竅生煙。」

我覺得很有可能。我可以想像愛瑟・霍蘭不斷用陳腔濫調安撫梅根、灌她喝茶的情形。她心地雖好，卻不懂怎麼照顧梅根這樣敏感的女孩。

我本來考慮親自將梅根從家裡接來，幸好喬安娜在我開口之前便想到這點了。

吃過早飯，我們直奔西蒙頓家。

我們都有些緊張。因為我們的來訪可能會被誤解為好奇的打探。幸好我們碰到正從大門出來的歐文・葛菲詩。他看起來神色焦急，心事重重。

不過歐文還是熱情地和我打了招呼。

「啊，包頓，你好。很高興見到你。我擔心的事發生了。太可惡了！」

「早啊，葛菲詩醫生。」喬安娜喊道，音量和我們平時跟一位耳背的姑姑說話時相當。

葛菲詩嚇了一跳，隨即臉紅。

「啊……嗯，包頓小姐，您早！」

喬安娜說：「我還以為你沒看見我呢。」

歐文．葛菲詩的臉脹得更紅，羞到不知所措。

「我，我很抱歉……在想別的事……沒看見你。」

喬安娜毫不留情地繼續說：「是喲，我這麼大一個人。」

「只是個子小了點。」我在她旁邊指正她說，然後說明我們的來意。「葛菲詩，我和舍妹想請梅根過來和我們住幾天，你看如何？我不是要多管閒事，但這事對那可憐的孩子來說必定很難受，你覺得西蒙頓先生會怎麼想？」

葛菲詩考慮了幾分鐘終於說道：「我想這個做法很好。梅根是個古怪而神經質的女孩，讓她離開一下對她有好處。霍蘭小姐很能幹，聰明又幹練，但照顧兩個小的和西蒙頓先生就已經夠累了。西蒙頓先生都快崩潰了，他已經恍神了。」

「是……」我欲言又止。「是自殺嗎？」

葛菲詩點點頭。

「噢，是的，絕不可能是意外，她在紙上寫了『我無法繼續下去了……』。那封匿名信應該是昨天下午寄到的，信封就放在她的椅腳下，信則被揉成一團扔進壁爐裡了。」

「信上寫了……」我停下來，心中十分恐懼。「對不起。」我說。

葛菲詩苦笑了一下。

「你想問也沒關係，做死因調查時，那封信還是得唸出來，避不掉的。真可憐哪，還是老套……用詞極其下流，裡面指控說，他們的二兒子柯林，不是西蒙頓的親生兒子。」

我不敢置信地叫道：「你認為這是真的嗎？」

葛菲詩聳聳肩。

「我無從判斷，我到這裡才五年。就我所見，西蒙頓夫妻恩愛和樂，對彼此及兒女都很盡心。那孩子雖與父母長得不太像，比如說他有一頭紅髮，但孩子經常會像到祖父母啊。」

「外貌的歧異也許是指控的由來，但我覺得對方只是在胡亂放箭，惡意中傷罷了。」

「非常可能，實際上，極為可能只是無的放矢而已，寫這些匿名信的誹謗者，知道的事並不多，只是筆無遮攔，亂罵一通而已。」

「可是偏偏給他射中了靶眼，」喬安娜表示，「否則夫人不會自殺的，對吧？」

葛菲詩懷疑地說：「我不太確定。西蒙頓夫人病了一段時日了，她有神經過敏及歇斯底里症。我一直在幫她做精神治療。很可能她在收到信後，受到打擊，變得極度恐慌絕望，而決心了斷自己。也許她以為就算自己再怎麼否認，先生也不會相信她，羞憤之餘，一時間亂了方寸，而做出傻事。」

「在精神混亂時失手自殺。」喬安娜說。

「沒錯。我想，在做死因調查時提出這一論點，應該可以證實無誤。」

喬安娜說：「是這樣啊。」

她的語氣有點異樣，歐文聽了，便說道：「絕對是真的！」他又補充一句：「包頓小姐，你有意見嗎？」

「噢，不，我沒意見，」喬安娜表示，「換作是我，也會那麼做。」

歐文懷疑地看了她一眼，然後緩緩轉身朝街上走去。我和喬安娜繼續前行，走進了西蒙頓家。

前門開著，直接進去似乎比按門鈴省事，何況我們已聽見愛瑟・霍蘭在屋裡說話。

她正對蜷縮在椅子裡、完全不知所措的西蒙頓說話。

「不行啊，說真的，西蒙頓先生，你得吃點東西，你早餐什麼也沒吃，那哪叫吃飯啊，昨晚也是沒吃什麼。發生這麼大的事，你會累出病來的，你需要體力啊。醫生離開前就是這麼說的。」

西蒙頓用單調的聲音說：「霍蘭小姐，你真好，可是……」

「喝杯熱茶吧。」愛瑟・霍蘭說著將茶塞進他手裡。

換作是我，我會給這可憐的傢伙一點烈酒和蘇打水，他看來似乎需要這些。然而，西蒙頓接過茶，抬眼看著愛瑟・霍蘭。

「霍蘭小姐，謝謝你所做的一切，你實在太好了。」

女孩的臉紅了，看來非常高興。

「你這樣講太客氣了，西蒙頓先生。請讓我盡一份力量來幫忙吧，別擔心孩子了……我會照料他們，傭人那邊我已經安撫好了。若有我幫得上忙的地方，儘管寫信或打電話給我。」

「你真好。」西蒙頓先生又重申一遍。

愛瑟．霍蘭轉身看到我們，便匆匆趕到客廳。

她啞聲對我們耳語道：「真可怕喔？」

我看著她，心想，她真是個好心的女孩，善良，能幹，處理緊急情況有條不紊。她美麗的藍眼泛著紅框，看得出心軟的她曾為女主人的死哭過。

「我們能跟你說句話嗎？」喬安娜問，「我們不想打擾西蒙頓先生。」

愛瑟．霍蘭體恤地點點頭，把我們領進客廳一側的飯廳。

她說：「先生很難過，這個打擊太大了。誰想得到會發生這樣的事？不過現在我才意識到，夫人的確反常一段時間了。她神經緊張，動不動就哭，我以為是身體不適，不過葛菲詩醫生總是說她沒什麼大毛病。但她很急躁易怒，有時弄得我不知該如何對待她才好。」

「我們來這裡的真正目的，」喬安娜表示，「是想知道我們能否照顧梅根幾天，當然，這得看她願不願意。」

愛瑟．霍蘭一臉訝異。

「梅根啊？」她不甚確定地說，「我不知道耶，我的意思是，你們好意來此，但她是個很奇怪的女孩，猜不透她對事情會有什麼反應和感覺。」

喬安娜含糊其詞地表示：「我們覺得這樣也許能幫點忙。」

「唉，就目前看來，應該是會的。我的意思是，我必須照顧兩個小的（現在廚娘在陪他們）和可憐的西蒙頓先生……他真的需要照顧，加上有林林總總的事要做、要打點，我真的無暇去關注梅根。她現在應該在樓上，在頂樓的舊嬰兒室。她似乎誰也不想理，我不知道是否……」

喬安娜對我使了個眼色，我很快溜出飯廳來到樓上。

舊嬰兒室在房子的最高層。我開門進去。樓下的那間屋子後邊正對著花園，百葉窗是捲上去的。然而這間臨街的房間裡，百葉窗卻靜靜垂著。

我在一片灰昏的陰影中找到了梅根，她正縮著身子，蜷在靠牆的長沙發上，令人想到受驚躲藏的鳥獸。她看來嚇呆了。

「梅根。」我說。

我向前趨近，不自覺地放柔了聲音，像在安慰受驚的動物一樣，只可惜自己手上竟然沒拿著胡蘿蔔或糖果。我還真有點想那麼做。

梅根動也不動地盯著我，表情依然呆滯。

「梅根，」我又說了，「我和喬安娜來問你，想不想跟我們住一段時間。」

她的聲音從陰影中飄了出來。

「跟你們住？住你們家？」

「是的。」

「你的意思是說，你們要把我從這兒帶走？」

「是的，親愛的。」

她突然全身哆嗦，看了教人既害怕又心疼。

「啊，帶我走吧！請你們帶我走吧，待在這裡太可怕、太可怕了。」

我走到她身旁，梅根緊緊抓住我的大衣袖口。

「我是個可怕的膽小鬼，我不知道我竟然這麼懦弱。」

「沒關係，小鬼頭。」我說，「這種事本來就教人難以承受。走吧。」

「我們可以馬上離開嗎？一分鐘也不要等？」

「你總得收拾幾樣東西吧。」

「哪些東西？為什麼？」

「親愛的小女孩啊，」我說道，「我們可以供你床，供你浴室和其他種種，可是要我把牙刷借你用，我可不幹。」

她發出一聲非常微弱的笑聲。

「我懂了。我今天真的很鈍，你別介意。我去收拾點東西，你……你不會走開吧？你會等我吧？」

「我就在樓下等你。」

「謝謝你，真的，很抱歉我這麼遲鈍，但痛失母親是相當可怕。」

我說：「我了解。」

我在她背上友善地拍了拍。她向我投來感激的目光，隨即消失在臥室裡。我下了樓。

「我找到梅根了，她願意去。」我說。

「啊，那太好了。」愛瑟．霍蘭喊道，「這樣會讓她忘卻自己。你們知道，她實在是太神經質了，很難應付。不用去擔心她和其他事，真是讓我大大鬆了口氣。包頓小姐，你們真好，希望她不會給你們添麻煩。天哪，有電話，我得去接了，西蒙頓先生不太舒服。」

她快步跑出房間。喬安娜說：「簡直像個守護天使！」

「你的語氣滿不屑的，」我發現道，「人家是個好女孩，而且顯然非常能幹。」

「是非常能幹，而且她自己也很清楚這點。」

「喬安娜，你不該這麼說。」我表示。

「你的意思是，她那麼做沒什麼不對嗎？」

「沒錯。」

「我向來看不慣那些自以為是的人，」喬安娜說道，「會喚起我的劣根性。你是怎麼找到梅根的？」

「她蜷縮在黑漆漆的房間裡，像隻受驚的小羚羊。」
「可憐的小孩。她很想跟我們回去嗎？」
「她巴不得立刻走。」
大廳裡傳來一連串咚咚咚的腳步聲，梅根帶著她的行李箱來了。我走過去，從她手裡接過箱子。喬安娜在我身後急忙說道：「快走吧，我已經推掉兩杯茶了。」
我們來到車邊，可恨的是，我得讓喬安娜把箱子弄進車裡。雖然我現在靠一根拐杖也能行走，但粗重的事還是做不來。
「上車吧。」我對梅根說。
她上了車，我跟著坐妥。喬安娜發動車子，駛出了西蒙頓家。
我們回到小金雀花，走進客廳。
梅根跌進椅子裡，眼淚奪眶而出，孩子似地痛哭失聲……說「嚎啕大哭」會更準確些。
我離開房間，想辦法安撫她。我想，喬安娜站在那邊也覺得十分無助吧。
這時，我聽見梅根用哽咽的聲音說：「很抱歉我這樣失態，實在很難看。」
喬安娜柔聲說：「一點也不會，來，再給你一條手帕吧。」
喬安娜的手帕大概是給對了。我重新回到屋內，遞給梅根一滿杯酒。
「這是什麼？」
「雞尾酒。」我說。

「是嗎？真的嗎？」梅根立刻擦乾淚水。「我從沒喝過雞尾酒呢。」

「萬事都有個起頭嘛。」我說道。

梅根小心翼翼地啜飲著，接著便粲然一笑，她微微向後仰著頭，一口氣把酒全喝光了。

「很好喝耶，」她說，「我能再來一杯嗎？」

「不行。」我說。

「為什麼不行？」

「等十分鐘後你就知道了。」

「啊！」梅根把目光轉向喬安娜。「我剛才那樣嚎啕大哭，實在很抱歉，我不知道自己為什麼會那樣，我其實很高興能來這裡，那樣子太蠢了。」

「沒關係，」喬安娜說，「我們很高興你來這裡住。」

「你們不可能高興的，你們只是出於體貼而已，不過我還是很感激。」

「請別感激我們，」喬安娜說，「我會不好意思。我說很高興你來住，真的是肺腑之言。我和傑瑞之間已經有話講到沒話了，兩個人之間再也找不到話題好談了。」

「但是現在呢，」我表示，「我們就會有許多有趣的話題可以討論了……例如李爾王的兩個女兒。」

梅根的臉泛著光彩。

「我一直在想那個問題，我想我知道答案了。因為她們那個可恨的父親總是一副施恩者的嘴臉，要是你得一直表示感恩，講些皇恩浩蕩之類的噁心話，心裡一定會很厭煩，而且希望能扭轉逆勢……當機會來臨時，也許便一時衝動而做過頭了。李爾王很可惡，不是嗎？他活該受女兒冷落。」

「看來我們對莎士比亞可有得談了。」我說。

「看得出你們二位非常有藝文水準，」喬安娜表示，「可惜我個人一向覺得莎士比亞的作品索然無味，那麼多醉鬼，演半天都演不完，一點都不好玩。」

「說到醉鬼，」我轉身問梅根說，「你現在覺得如何？」

「好得很，謝謝你。」

「頭一點都不暈嗎？你沒有看見兩個喬安娜或什麼的？」

「沒有，我只覺得很想說話。」

「太棒了。」我說道，「如果這真是你第一杯雞尾酒的話，顯然你是天生的海量。」

「噢，這真的是我的第一杯雞尾酒。」

「強健的頭腦對任何人來說都是一種資本。」我說。

喬安娜帶梅根上樓放行李。

帕翠姬臭著一張臉進來，說她午飯只準備了兩杯蛋糊，問我該怎麼辦。

06

三天後進行了驗屍審訊，過程盡可能的低調，但來旁觀的人還是很多，喬安娜看到許多女帽在人群間晃動。

據推斷，西蒙頓夫人的死亡時間在下午三點至四點之間。當時她獨自在家，西蒙頓在辦公室，女僕們都出去了，愛瑟・霍蘭和孩子們在外頭散步，而梅根則騎自行車去兜風了。那封信應該是下午的郵件，西蒙頓夫人從信箱裡把信拿出來，讀過後，心煩意亂地到花棚取了些用來搗黃蜂窩的氰化物，溶進水裡，潦草地寫下最後幾個字：「我不能再繼續下去了……」然後將它喝下。

歐文・葛菲詩提供了醫學證據，對西蒙頓夫人的精神狀態和承受力發表慎重看法，這點他對我和喬安娜已大致講過了。驗屍官十分溫和審慎，他以嚴詞譴責卑鄙的寫匿名信者。他表示，無論那可惡而不實的信是誰撰寫的，他都犯了道義上的謀殺罪，他希望警方能很快找到元凶，將他繩之以法。這種懦弱、惡毒、洩憤的事件，理應受到法律最嚴厲的懲罰。陪審團在他的指導下，做出了例行的裁決：一時精神失常，自殺身亡。

驗屍官已盡了最大的努力，歐文．葛菲詩亦然。然而擠推在一大群好奇村婦中的我，還是聽到了那些熟悉而令人厭煩已極的私語：「我就說嘛，無火不起煙。」「那封信一定說到痛處了，要不然她幹嘛自殺……」

這一刻，我真是憎恨嶺石塔這個地方，以及那些愛嚼舌根、愛散播謠言的女人。

§

我很難記清事情發展的確切順序，但接下來一件重要的事，當然就屬刑事組長納許的來訪了。不過在這之前，社區還有不少人來造訪，每次都很有意思，也使我們對來訪者的特質與性格有了一定的理解。

艾美．葛菲詩是在死因調查後第二天早上來的。她看起來永遠是那麼活潑而精力充沛，而且跟往常一樣，沒多久就把我惹毛了。喬安娜和梅根出去了，只得由我陪她。

「早啊，」葛菲詩小姐說，「聽說你們讓梅根．韓特住在這裡啊？」

「是的。」

「你們真是好心。你們一定覺得很煩吧，我是來告訴你們，如果你們願意的話，梅根可以去我家住。我一定可以設法讓她幫忙做家事。」

我十分厭惡地看了看艾美．葛菲詩。

「謝謝你，不過我們很喜歡她在這兒。她到處走走也挺開心的。」我說。

「我覺得那孩子太愛閒晃了，話說回來，她那麼笨，除了閒晃，別的事也做不來吧。」

我說：「我認為她是個相當聰明的女孩。」

艾美．葛菲詩狠狠地瞪了我一眼。

「我還是頭一次聽人家這樣說她呢。」她表示，「每次和她說話，她就呆呆地看著你，好像聽不懂你的話。」

「她很可能只是不感興趣。」我說。

「如果是那樣，她就太沒禮貌了。」艾美．葛菲詩說道。

「可能吧，但她絕對不笨。」

艾美．葛菲詩尖聲說道：「那她就是心不在焉。梅根需要好好努力……做些能讓她對生活有興趣的事，你不知道那對女孩子有多深的影響。我太了解女孩子了，你都不知道，當女童軍對女孩的影響有多大。梅根已經這麼大了，不能這樣虛擲時光，無所事事啊。」

「到目前為止，她很難有機會做點什麼事。」我說，「西蒙頓夫人好像以為梅根只有十二歲。」

葛菲詩小姐輕哼一聲。

「我知道，我也不喜歡她那種態度。當然，她現在死了，可憐的女人，我們就別多說什麼了。不過她是我所謂典型的平庸家庭主婦，只會打橋牌、道人長短、帶孩子……就連帶孩子這點，都還是那個姓霍蘭的女孩一手包辦。我對西蒙頓太太從來就沒什麼好印象，但我當然沒懷疑過那件事。」

我立刻回嘴問：「什麼事？」

葛菲詩小姐臉一紅。

「我真的為西蒙頓先生難過，所有的一切都在驗屍審訊那天披露出來，那場面對他來說可真不好受。」

「你難道沒聽他說，信中沒有一個字是真話，他很確信這點嗎？」

「他當然會那麼說啦，男人總得替妻子說話吧。理查就會那麼做。」她頓了一下後又解釋說：「我認識理查．西蒙頓很久了。」

我有些驚奇。

「真的嗎？」我說，「據你哥哥說，他到這兒開業不過是幾年前的事。」

「是的，但西蒙頓過去常到北邊我們那一帶去。我認識他很多年了。」

女人總能匆匆得出結論，這一點男人可做不到。然而，艾美．葛菲詩突然像老奶媽一樣地柔聲說話，令我若有所感。

我好奇地打量著艾美。她繼續說著，語氣依然柔和。

「我非常了解理查……他很驕傲，但十分內斂。而且他是那種很容易吃醋的男人。」

我故意說：「難怪西蒙頓夫人不敢把信給他看或告訴他了。她擔心愛吃醋的先生會不相信她的辯解。」

葛菲詩小姐憤怒地看著我。

「老天啊，」她說，「你以為女人會為了子虛烏有的指責，去吞食大量的氰化鉀嗎？」

「驗屍官似乎認為有可能，而你哥哥也……」

艾美打斷我說：「男人都一樣死要面子，我可不相信那些鬼話。如果一個清白的女人收到下流的匿名信，她會一笑置之，扔掉了事。像我就……」她突然停下來，接著又把話說完。「就會這麼做。」

但是我沒漏掉那個停頓。我幾乎可以肯定，她原本要說的是「像我就是這麼做的」。

我決定單刀直入。

「我懂了，」我和顏悅色地說，「那麼你也收到一封了？」

艾美．葛菲詩這位不齒說謊的女人頓了一下，臉一紅，然後說道：「嗯，是的，但我沒把它放在心上。」

「內容很惡毒吧？」我狀似深表同情，像個患難之交。

「當然了，這種東西總是很惡毒，像瘋子的囈語。我看了幾個字，知道是什麼東西後，就直接扔進了廢紙簍。」

「沒想過把它交給警方嗎？」

「當時沒有。愈不提就愈沒事……那是我當時的感覺。」

我很想衝口說出「無火不起煙」這句話，但我把話嚥了回去，將話題轉回梅根身上。

我問：「你知不知道梅根的經濟狀況？我不是出於好奇，而是想知道她是不是得賺錢養活自己。」

「我覺得她並沒那麼需要，她奶奶——她父親的母親——好像留給她一小筆錢。而且理查．西蒙頓會安頓她、會養她，雖然她母親什麼也沒留給她。但這是原則問題啊。」

「什麼原則？」

「工作啊，包頓先生。無論對男人或女人，工作都是一種生活原則，無所事事是一種無可饒恕的罪。」

「曾經擔任外交部長的愛德華．格雷爵士，就是因為太愛閒晃而被牛津開除。聽說威靈頓公爵不但笨，而且極不用功。葛菲詩小姐，你是否想過，如果喬治．史蒂文生小時候老跟著同年齡的小鬼出去玩，而不是無聊地在母親的廚房裡晃來晃去，看到掀動的壺蓋吸引了他的注意，你現在很可能就無法搭快車到倫敦喔？」

艾美只是哼一聲。

「我是這麼認為啦，」我愈說愈帶勁。「人類大多數的發明和創新都受益於懶散……不管是強制的也好、自願的也好，人其實是寧可被填鴨、去接受別人的思想，但如果缺乏這種滋養，腦袋便會不甚情願地開始自己思索……這樣的思索是最原創的，而且可能產生可觀的成果。

「況且，」我不等艾美反應，繼續往下說道：「這還有藝術為證。」

我起身從書桌裡拿出一張向來帶在身邊、自己最愛的中國畫。畫中一名老者坐在樹下，將線繩纏在手指和腳趾間，來回地翻玩。

我說：「這是我在中國文物展上看到的，我相當鍾愛。請容我為你介紹，這幅畫的名稱叫『聊抒閒情』。」

艾美．葛菲詩絲毫不為這幅可愛的畫所打動。她說：「中國人是什麼樣子，大家都知道。」

「你不喜歡嗎？」我問。

「老實說並不喜歡，我對藝術不太感興趣。包頓先生，你是典型的男性心態，男人不喜歡女人工作，不喜歡她們參與競爭……」

我大吃一驚，我竟然跟女權主義者槓上了。艾美雙頰潮紅，激動不已。

「對你們來說，女人想擁有自己的事業是不可思議的。我父母就是那樣。我渴望學醫，但他們不願幫我付學費，卻欣然替歐文繳錢。可是我若當了醫生，一定做得比我哥哥好。」

「我很為你遺憾，」我表示，「你一定很難過，如果一個人想做什麼……」

她很快又繼續說道：「唉，我已經沒事了。我的意志很堅強，生活忙碌而充實，我是嶺石塔最快樂的人之一，有很多事可做。不過我很反對那些落伍愚蠢、認為女人只能待在家裡的偏見。」

我說：「如果我冒犯了你，我很抱歉，那不是我的本意，我只是覺得，梅根並不適合做家事。」

「是不適合，可憐的孩子，只怕她做什麼都不稱職。」艾美已平靜下來，語氣又恢復了正常。「你知道，她父親……」

她停下來，我坦白地問道：「我什麼也不知道。每個人一說到『她父親』，話就打住了。她爸爸到底做了什麼？他還活著嗎？」

「我真的不曉得。只怕我自己也只知道個大概，但他確實是個壞蛋，應該有坐過牢，而且極度不正常。所以啦，梅根若『少根筋』，我也不會太吃驚。」

「梅根正常得很，」我表示，「我剛才說過，我覺得她是個聰明的女孩，我妹妹也這麼認為，喬安娜很喜歡她。」

艾美說：「令妹一定覺得住在這裡很無趣吧。」

我聽出話裡的弦外之音了……艾美．葛菲詩並不喜歡我妹妹，她平緩保守的聲調中，在在顯示出這點。

「我們大家都想不通，你們怎麼受得了窩在這種窮鄉僻壤。」

既然她要問，我就答吧。

「是醫生吩咐的，他要我找個安靜而波瀾不興的地方住一陣子。」我頓了一下，然後補充說：「看來這句話現在已不適用於嶺石塔了。」

「是啊。」她語多憂心，起身要走，接著又說道：「你知道，我們一定得阻止……這種醜惡的行徑！不能再任由它蔓延下去了。」

「警方不是在偵辦了嗎？」

「我想是吧，但是我認為我們應該自己來偵查。」

「我們的裝備不像警方那樣齊全。」

「胡說！我們很可能比他們更有頭腦和智慧，我們需要的只是決心罷了。」

她突然道聲再見，走了。

喬安娜和梅根散步回來時，我將自己的中國畫拿給梅根看。她的臉上綻出光彩，她說：「宛若仙境，對吧？」

「我正是這麼想。」

她的額頭又緊鎖成我所熟悉的模樣了。

「但很難得到吧？」

「你是說悠閒人生嗎？」

「不，不只是悠閒，而是享受悠閒的樂趣，你得到年老時……」她停下來。

我說：「畫中人的確是個老者。」

「我不是指那麼老，不是指年齡，而是指內……內……」

「你是說，只有達到上乘的文明境界時，才能呈現那種樣態……」一種極高的修為嗎？梅根，我想，我可以為你讀一百首中文譯詩，完成你的學習。」

§

那天稍後，我在鎮上遇見了西蒙頓。

「梅根能不能再多跟我們住幾天？」我問，「她可以給喬安娜作伴……舍妹在這裡一個朋友也沒有，有時挺寂寞的。」

「誰……噢，梅根呀？沒關係，你們太好心了！」

那一刻我相當不喜歡西蒙頓，這種感覺自此未再擺脫。他竟然完全忘了梅根。如果他只是不喜歡這個女孩，我並不會在意……男人有時會嫉妒妻子和第一任丈夫生的孩子；但他不是不喜歡，他簡直是無視她的存在。他對梅根的感情，就像一個不愛狗的人對家中的狗成員一樣。只有當你被狗絆倒而痛罵牠時，才會注意到牠；當牠到你面前撒嬌時，你會心不在焉地拍拍牠。西蒙頓對繼女的漠視令我十分生氣。

「你對她有何打算？」我問。

「梅根嗎？」他似乎十分驚詫。「這個嘛，她會繼續住在家裡，我的意思是，這是她的家嘛。」

我深愛的祖母以前常彈著吉他唱些老歌。記得其中一首曲子最後是這麼唱的：

噢，女孩，我最親愛的，我不屬於這裡，
此處無容我之地，
海角天涯，無處棲息，
唯有在你心中……

我哼著歌一路回家。

§

茶點剛剛撤走，艾蜜莉．巴頓接著就來了。

她想談談花園的事，我們就此聊了約半小時，然後一起轉身回屋裡。

這時她突然壓低嗓門，輕聲說：「我真希望那孩子……希望這些可怕的事沒有讓她太傷心。」

「你是指她母親的死嗎？」

「當然了。不過我真正的意思是，是……背後的那件醜事。」

我很好奇，想知道巴頓小姐的反應。

「你覺得是真的嗎？」

「噢……不，不，當然不是真的。我相信西蒙頓夫人從沒……那孩子不是……」嬌小的巴頓小姐紅著臉，有點手足無措。「我的意思是，那絕不是真的……不過，有可能是一種審判。」

我盯著她問：「審判？」

艾蜜莉．巴頓的臉更紅了，活像德瑞斯頓瓷器上的牧羊女。

「我無法停止這麼想，所有這些可怕的信，都是蓄意要造成大家的痛苦和悲傷。」

「它們當然是有備而來。」我正色道。

「不，不是，包頓先生，你誤解我的意思了。我指的不是寫信的那個壞人……那傢伙一定是個很墮落的人。我指的是這些信是上帝的意旨……好讓我們認清自己的缺點。」

「可是全能的主可以選擇較溫和的武器吧。」我說。

艾蜜莉小姐喃喃說著這是上帝的奧義。

「話不能這樣說，」我表示，「我們老是把人類製造的罪業推到上帝頭上，巴頓小姐，上帝其實無需懲罰人類，因為我們已經在忙著懲罰自己了。」

「我不明白的是，為什麼有人想做這種事。」

我聳聳肩。

「大概是神經錯亂吧。」

「聽起來好像很悲哀。」

「對我而言並不悲哀，我只覺得那些人該受到詛咒。而且我不會收回這種說法，因為我真的這樣認為。」

巴頓小姐雙頰上的紅暈已經消褪，恢復了原本的雪白。

「可是為什麼，包頓先生，為什麼呀？他能從中得到什麼樂趣？」

「一種你和我都不可能懂得的樂趣，幸好我們不懂。」

艾蜜莉．巴頓壓低聲音說：「他們說是柯里特太太……但是我不相信。」

我搖搖頭。她煩亂地繼續說：「以前從未發生過這種事……就我記憶裡從來沒有。這個小地方向來平靜，我親愛的媽媽會怎麼說呀？這個……幸好她不必經歷這些。」

我心想，據我所知，老巴頓太太應該強悍得足以承受任何事，而且說不定還很幸災樂禍呢。

艾蜜莉繼續說：「這讓我非常不安。」

「你自己沒……沒有收到什麼東西吧？」

她的臉脹成紫紅色。

「啊，沒，沒有，真的沒有。那樣太可怕了。」

我急忙道歉，可是她卻走了，看起來相當煩亂。

我進了屋子。喬安娜站在剛生起火的壁爐邊，晚上天氣畢竟還是很涼。

她手裡拿了一封拆開的信。

我一進屋子，喬安娜就迅速扭過頭來。

「傑瑞！我在信箱裡發現了這個……是寄件人親手投箱的，信的開頭寫道：『你這個濃妝豔抹的妓女……』」

「信上還說些什麼？」

喬安娜扮了個大鬼臉。

「還不是老套。」

她把信扔到火裡。我在信著火之前，火速將它抽回來，害我的背扭了一下。

「別燒，」我說，「也許我們會用得著。」

「用得著？」

「交給警方。」

§

翌日早晨，納許組長來找我。從見到他的第一刻起，我就非常喜歡他。他是典型的鄉鎮刑事組長。高大，帥氣，雙眼靜定而善思，態度剛直無私。

他說：「包頓先生，你早，我猜你大概料得到我來找你的目的吧。」

「是，我想我能猜得出來。是匿名信的事。」

他點點頭。

「你手上有這樣一封信對吧？」

「沒錯，我們剛到這裡就收到了。」

「信裡究竟說了些什麼？」

我想了一分鐘，然後盡可能將那封信的措辭重述一遍。

組長面無表情地聽著，看不出任何情緒反應。等我說完後，他表示：「我明白了。包頓先生，那封信你沒保留著嗎？」

「很抱歉，沒有，因為剛開始我以為那只是不滿外來者的個別事件而已。」

組長表示理解地點點頭。

他簡要地說：「真可惜。」

「不過，舍妹昨天又收到了一封。」我說，「我及時從她手裡搶救下來，所以沒有扔進火裡。」

「謝謝你，包頓先生，你真細心。」

我穿過屋子來到書桌前，打開放信的抽屜鎖（我覺得讓帕翠姬看到很不妥），把信遞給納許。

他讀了一遍，然後抬眼問我：「這封和上一封的外形一樣嗎？」

「應該是的……就我記憶中是的。」

「信封和信也一樣嗎？」

「是的。」我說，「信封是用打字的，信件本身則是用貼字的。」

納許點點頭，把信收進口袋，然後說：「包頓先生，不知您能不能和我去一趟局裡？我們可以在那邊開個會，這樣可以節省很多時間和往返周折。」

「當然可以，」我說，「現在就去嗎？」

「如果你不介意的話。」

門口有一輛警車，我們乘著它直奔而去。

我問道：「你覺得你們能把這事查個水落石出嗎？」

納許輕鬆而自信地點點頭。

「噢，是的，我們會破案的，只是時間和程序的問題。這些案子查起來雖然較慢，但絕對有把握。只要慢慢縮小範圍就成了。」

「把不可能的人選一個個排除掉嗎？」我問。

「是的，還有一般的例行程序。」

「你是指檢查信箱、驗證打字機、指紋之類的事嗎？」

他微微一笑。

「沒錯。」

抵達警局時，我發現西蒙頓和葛菲詩已經在裡頭了。我被引介給戈雷夫巡官，他身著便衣、下巴瘦長，身形高大。

納許解釋道：「戈雷夫警官是從倫敦過來幫忙的，他是匿名信案的專家。」

戈雷夫警官慘然一笑。我心想，一輩子都花在追查寫匿名信者的身上，一定很教人喪氣吧。然而，戈雷夫警官抑鬱的笑容中，卻透著一股熱忱。

「這些案子都一樣，」他的聲音低沉憂傷，有如一隻頹廢的警犬。「信中的措辭和內容都十分相似，你看了一定會很驚訝。」

「兩年前我們有個案子，」納許說道，「戈雷夫那時就幫過我們。」

我看到有些信就攤在戈雷夫面前的桌上，顯然他剛才一直在查閱那些信。

「難就難在如何取得這些信。」納許說，「大家不是把信扔進火裡，就是不承認收過。太無知了，而且還怕和警察扯上關係。這兒的人實在太落伍了。」

「不過我們還是弄到了一部分，足夠展開調查了。」戈雷夫說。

納許從口袋裡掏出我給他的那封信，把它交給戈雷夫。

戈雷夫很快瞄了一遍，把它和其他信件放到一起，讚賞地說道：「很好，非常好。」

我可不會用這種形容詞去描述那封信，可是我想專家有自己的看法吧。我很高興那些又臭又長又惡毒的信，竟然還能給某些人帶來快樂。

「我想，我們手邊的信已足夠展開調查了。」戈雷夫警官表示，「我想請求各位先生，若再收到任何信件，請馬上送到這裡。而且，如果聽說有人收到……尤其是你，醫生，如果有聽到病人提到的話，請設法讓他們把信帶到這兒來。我這邊已經有……」他的手指靈巧地翻動信件。「給西蒙頓先生的一封，收信時間在兩個月以前；給葛菲詩先生的一封；一封給金琪小姐；屠夫穆奇的太太一封；還有三丑酒吧的女侍珍妮佛．克拉克的一封；西蒙頓夫人收到的那封；這封是給包頓小姐的……噢，還有一封是銀行經理拿來的。」

「收藏倒是不少嘛。」我說。

「而且每封都可以找到其他相似的案例。這封就跟女帽部那個女人寫的一樣；這封則像極了北森伯郡一個女學生寫的信。告訴各位吧，有時我還真想看點新鮮的內容，而不是這些老掉牙的東西。」

「太陽底下沒有新鮮事。」我低聲說。

「先生，確實如此。你若幹我們這行，就會懂了。」

納許嘆口氣說：「確實是這樣。」

西蒙頓問：「你對寫信者是否有具體的看法？」

戈雷夫清清嗓子，發表了一場小演講。

「所有這些信都有某些共通處。我會為各位逐一列舉，之後也許能讓你們想起什麼。這些信的內容是由某本書上剪下來的字母拼成的，那本書很舊了，我想應該是一八三〇年左右出版的。寫信者顯然想藉此避免讓人識破自己的字跡。大家都知道，辨識字跡是件十分容易的事……而模仿的筆跡到了專家面前，也會原形畢露。這些信和信封上並無特徵顯著的指紋，也就是說，這些信被郵局和收信人摸過，還有一些零星的指紋，但沒有一套指紋是所有信件所共有的。因此，這表示寫信的人很小心地戴了手套。信封是用溫莎七號的打字機打出來的，機器已經很舊了，鍵盤上的a鍵和t鍵都不在一條直線上了。大多數信件都是透過本地郵局寄出或親自投遞。依我看，信是女人寫的，大概是中年婦女或老嫗吧，而且很可能未婚，不過這點不是很確定。」

眾人靜默了一兩分鐘，然後我說：「你們把成敗都押在打字機上了，對吧？在這樣的一個小地方，找起來應該不難。」

戈雷夫警官悲哀地搖搖頭說：「這點你就錯了，先生。」

納許組長表示：「可惜打字機太容易找了，那是西蒙頓先生辦公室的一台舊機器，他送給了我們的女子學院，打字機在那邊，人人都可以使用。本地所有的女士都常去學院。」

「難道你們不能從……從指法中找到一點確切的線索嗎？」

戈雷夫點點頭。

「這一點倒是可以做到……問題是，這些信封都是某個人用單根手指打出來的。」

「那麼說，此人不太會打字囉？」

「不，我不是那個意思，應該說，那個人會打字，但不想讓我們知道。」

「不管寫這些東西的人是誰，她實在太狡猾了。」

「沒錯，她真的很狡猾，」戈雷夫說，「寫匿名信的技巧她都一清二楚。」

我說：「我從沒料到，這些鄉里的村婦會這麼聰明。」

戈雷夫輕咳幾聲。

「我大概沒說清楚，那些信是個受過教育的女人寫的。」

「什麼，是出自淑女的手筆？」

我已經很多年沒用「淑女」這種說法了，現在卻衝口說出，令我想到久久遠遠以前，我家奶奶用微弱而高傲的聲腔說：「她當然不是淑女了，親愛的。」

納許立刻明白我的意思，「淑女」這個詞語在他心中還是有一定分量。

「未必是位淑女，」他說，「但當然也不是一般的村婦。這裡的婦女大都不識字，不懂拼字，自然也無法流暢地表達意思。」

我震驚地說不出話來。這地方這麼小，我不自覺地將撰寫者想像成柯里特太太之流，那種惡毒而狡詐的人。

西蒙頓道出了我的心事，他說：「那不就等於把嫌犯的範圍縮小到本地的六至十二個人身上嗎？」

「沒錯。」

「真不敢相信。」

接著西蒙頓直盯著前方，勉強說道：「各位都聽到了我在驗屍審訊時說的話了，我想重申一點，我堅信內人收到的那封信，內容純屬捏造，我這麼說，是怕你們有人會以為我當時是為了保護內人的清白才那麼講的。我很清楚那是誣賴，內人是位非常敏感的人……嗯，在某種程度上，也許是太正經八百了。那種信對她是一大打擊，加上她身體又不好。」

戈雷夫立即回應道：「先生，你說的很有可能。從這些信中，看不出撰信者熟知任何內情，她只是在盲目地指控而已，也沒有勒索的企圖，似乎也不具宗教偏執……我們有時會碰到這種情況，內容僅提到性和辱罵。這對找出寫信的人而言，是個很好的指標。」

西蒙頓站起身，雖然他表情冷漠，雙唇卻不住地發顫。

「我希望你們能很快找到那個寫信的惡魔，她謀殺了我的妻子，作惡程度不亞於拿刀殺人。」西蒙頓停頓片刻。「不知那人現在有什麼感覺？」

他走出去，留下一個無解的問題。

「葛菲詩，你想她現在會有什麼感覺？」我問。

我覺得醫生大概會知道答案吧。

「天曉得，也許是愧疚吧。不過，她也正在享受那種權力欲。西蒙頓夫人的死，可能滿足了她的變態心理。」

「希望不致如此，」我打了一下寒顫說，「因為如果這樣，她將會……」

我猶豫著，是納許幫我說完了那句話。

「將會再次嘗試？包頓先生，那對我們再好不過了。別忘了，夜路走多了，總會碰到鬼。」

「如果她還敢再試，那一定是瘋了。」我驚呼。

「她會繼續玩下去的，」戈雷夫說，「他們總是那樣。那是一種惡習，他們改不了。」

我戰慄著搖搖頭，我問他們是否還需要我，因為我想出去透透氣，房間裡似乎布滿了邪惡之氣。

「沒別的事了，包頓先生。」納許表示，「只是請你睜大眼，並盡量做些宣傳……勸告每個人，若收到信務必來報警。」

我點點頭。

「我想每個本地人迄今大都收過那種下流信函了吧。」

「我想知道，」戈雷夫微側著頭問，「你曉不曉得有誰確定沒收過信？」

「這算哪門子問題！這裡的人不太可能跑來跟我吐露私事吧。」

「不，不是，包頓先生，我不是那個意思，我只是想知道，就你所知，有沒有人真的沒收過匿名信。」

「老實說，」我略表猶豫道，「我倒是知道一點。」

我把自己和艾蜜莉．巴頓的談話，以及她的談話內容重述了一遍。

戈雷夫鐵著臉，聽罷後說道：「嗯，這個將來會有用處，我得記下來。」
我和歐文．葛菲詩一起走向午後的陽光中，一來到大街上，我便大聲罵道：「對一個來這裡享受陽光、療傷養病的人來說，這算是個什麼地方啊。表面上純淨有若伊甸園，骨子裡卻潰爛化膿。」
歐文冷冷地說：「就算是伊甸園，也有一條毒蛇哩。」
「我說葛菲詩，你看他們到底知道些什麼？他們有沒有一點概念了？」
「我不清楚，警方很懂得談話技巧，表面上他們直言無諱，但其實什麼也沒說。」
「是啊，納許是個挺不錯的人。」
「而且還非常能幹。」
我責怪地說：「這裡若有人精神不正常，應該瞞不了你。」
葛菲詩搖搖頭，看起來很沮喪，而且神色十分焦慮。我很想知道他是否已經有了眉目。
我們一直沿著鬧街走。我在房屋仲介門口停住步子。
「我想我的第二期房租快到期了，是預繳的。我真想交了錢，馬上跟喬安娜搬走。剩下的租期就算了。」
歐文說：「快搬走吧。」
「為什麼？」
他沒回答，過了一會兒才緩緩說道：

「因為……我想你說得沒錯，嶺石塔目前不安全，很可能傷害到你或……或令妹。」

「沒有什麼傷得了喬安娜的，」我說，「她很堅強。我才是脆弱的那一個。不知怎麼的，這件事讓我很不舒服。」

「我也是。」歐文表示。

我微微推開房屋仲介的門。

「不過我不會搬走。」我說，「因為我的好奇勝過了膽怯，我想知道結果。」

我走進去。

一名正在打字的女子起身朝我走來，她一頭鬈髮，對著我傻笑，但我覺得她還是比在外面辦公室裡吆喝的眼鏡青年聰明。

不久，我驀然意識到她有些面熟……原來是金琪小姐，她以前是幫西蒙頓先生工作的。於是我問：「你原先在蓋伯斯及西蒙頓事務所工作，對吧？」

「是呀，沒錯，不過我覺得還是離開比較好。現在這份工作也很好，雖然薪水沒那麼高，但有些好處是金錢買不到的，不是嗎？」

「是啊。」

「那些可怕的信，」金琪小姐低聲表示，「我就收過一封，說我和西蒙頓先生……哎呀，講得難聽死了。我很認分地把信交給警方，但這件事對我來說，實在太不愉快了。」

「是的，是很讓人不愉快。」

「警方很感謝我，說我做得很對。可是我覺得，以後如果人們閒言閒語說：『他們兩個一定有鬼，否則別人怎麼會知道？』那麼我就得遮遮掩掩，儘管我和西蒙頓先生之間真的沒有一絲曖昧關係。」

我覺得很尷尬。

「當然沒有。」

「真是人心不古啊。唉，實在太壞了！」

雖然我盡可能不去看她，但眼神還是和她的撞在一起，而且我還發現一件讓人極不舒服的事。

金琪小姐竟然十分舒然自得。

今天我已經碰到有人對匿名信產生愉快的反應了。戈雷夫警官的熱忱是職業使然，但金琪小姐的得意令人玩味，也讓人討厭。

我腦中掠過一個念頭。

難道這些信是金琪小姐寫的？

07

回到家時，我發現丹克索夫人正坐著與喬安娜說話。我覺得她面色發灰，像生了病。
「這件事真是嚇壞我了，包頓先生。」她說，「可憐哪，可憐的人。」
「是啊。想到有人竟被逼到要自殺的地步，實在令人難過。」我說。
「噢，你說的是西蒙頓夫人嗎？」
「難道你不是在說她嗎？」
丹克索夫人搖搖頭。
「大家當然都為她難過，但這種事反正一定會發生的，不是嗎？」
「是嗎？」喬安娜冷冷地問。
丹克索夫人面向她說：「親愛的，我認為是的。如果自殺是她逃避問題的方法，那麼無論原因為何，就都無所謂了。只要她面對重大的打擊，都會做同樣的事。這件事讓我們得知，西蒙頓夫人是那種會自殺的女人，和表面上看起來完全不同。我一直以為她很自私愚蠢、貪生怕死，不是那種會驚惶失措的人……但我現在發現，自己對別人的了解實在淺薄得可以。」

「我還是很好奇，你剛才說的『可憐的人』，指的是誰？」我問道。

她白了我一眼。

「當然是指寫匿名信的那個女人啊。」

我冷漠地說：「我可不會在她身上浪費我的同情。」

丹克索夫人向前傾過身，將手擱在我的膝蓋上。

「難道你不明白……難道你沒感覺嗎？發揮你的想像力吧。想想坐下來寫那些信的人，心裡有多麼絕望痛苦，她是如此寂寞而與人隔絕，被痛苦所吞噬，唯有透過這種方式，才能宣泄心中的苦楚。因此我十分自責，鎮上有人受著那樣的折磨，而我竟毫不知情。我應該要知道的。你無法以行動干涉……而我也從來不這樣做，但那內心的毒素就像一條烏青化膿的手臂，如果能夠劃開它，把毒素釋放出來，它就能無害地流出來了。是啊，真可憐，可憐的人。」

她起身就要離去。

我無法苟同於她，對寫匿名信的人，我沒有一絲同情。但我還是好奇地問：「丹克索夫人，你知道這個女人是誰嗎？」

她細小而困惑的眼神落在我身上。

「這個嘛……我可以猜一猜。」她說，「但我也可能猜錯，對吧？」

她疾步走出門外，又探回頭問道：「對了，包頓先生，你幹嘛一直不結婚？」

若是別人這麼問，你一定覺得很唐突無禮，但對於丹克索夫人，你只會覺得她是突然想到，而且也真的很想知道。

我回過神來說：「呃，我一直沒遇到合適的對象。」

「這麼說也可以啦，」丹克索夫人表示，「但也不全然說得過去，因為很多男人顯然也沒娶到好對象啊。」

這一次她是真的走了。

喬安娜說：「我真的認為她有點瘋狂，但我喜歡她。村裡的人都滿怕她的。」

「我也有點怕哩。」

「因為你從不知道她下一句會冒出什麼話來。」

「沒錯。而且她常會不小心地一語中的。」

喬安娜緩緩道：「你真的覺得寫那些信的人很痛苦嗎？」

「我不知道那個該死的女妖在想什麼或有什麼感覺，我也不在乎，但我很為她的受害人感到難過。」

想來似乎很奇怪，我們一直在揣測誹謗者的心態，卻都忽略了她最重要的內心感受。

葛菲詩覺得她會洋洋自得；我覺得她會感到愧疚……被自己一手造成的後果所嚇倒；而丹克索夫人則認為她備受煎熬。

然而，我們都沒想到最明顯也最無可避免的反應……或者說，是我沒想到，這個反應就是恐懼。

因為隨著西蒙頓夫人的死亡，這些信的性質已經起了變化。我不知道從法律的觀點該怎麼看……西蒙頓應該知道，但顯而易見，它們已引發了一樁死亡事件，寫信人的處境就更加不利了。如果寫信人的身分曝光，勢必無法從輕發落了。警方十分積極在偵辦此案，還從蘇格蘭警場找來一位專家。寫信者現在非銷聲匿跡不可了。

然而，恐懼若是她的主要反應，那麼其他事端必然相應而生。有哪些可能性，我完全無從得知，但可預期的是，那必然不可小覷。

§

翌日早晨，我和喬安娜很晚才下去吃早飯。也就是說，按嶺石塔的標準來說，已經很晚了。那時是九點半，要是在倫敦，這時喬安娜才睜開一隻眼睛，而我則很可能還緊閉著雙眼呢。不過當帕翠姬問「要八點半還是九點開飯」時，我和喬安娜都不敢說要再晚點吃飯。

我氣惱地發現，艾美·葛菲詩正站在門口和梅根說話。

她一看見我們，就用平日的大嗓門喊道：「喂，你們好，大懶蟲！我都起來好幾個小時了。」

要早起是你家的事啊，醫生當然得早點吃早飯，盡職的妹妹自然會幫他端茶送咖啡的，但你也不能藉此跑來打擾比較愛睡懶覺的鄰居呀，九點半根本不適合訪客。

梅根溜回飯廳，我猜她一定是在吃早飯時被打擾的。

「我說過不進屋子裡了。」艾美．葛菲詩表示。我實在不懂，為什麼逼別人到門口和你說話，會比進屋子裡和他們說話好。「我只是想問包頓小姐，有沒有用剩的蔬菜能分給我們紅十字會的鬧街菜攤，如果有，我就叫歐文用車來載。」

我說：「你這麼早就出來四處跑。」

「早起的鳥兒有蟲吃嘛。」艾美說道，「早上比較容易找到人，接下來我還要去卜艾先生家。下午得去趟布蘭頓，是女童軍的事。」

「你的精力也太充沛了吧。」我說。

這時電話響了，我到門廳後面去接，喬安娜留在那邊，嘴裡咕噥著說有大黃和菜豆之類的，我家小妹對蔬菜實在是半點不知。

「喂？」我對著話筒說道。

電話那頭傳來粗重的喘息，隨後一名女子不甚確定地說：「呃……」

「喂？」我再次問道。

「呃，」那聲音又說，然後悶悶地問道：「是……我的意思是……這裡是小金雀花嗎？」

「是的。」

「呃……」她每句話顯然都固定這樣開頭。那聲音小心地問：「我可以和帕翠姬說話嗎，一分鐘就好？」

我說：「當然可以。請問是哪位找她？」

「呃，告訴她是阿妮絲，行嗎？阿妮絲．威德爾。」

「阿妮絲．威德爾？」

「對。」

我放下話筒，對著樓梯喊：「帕翠姬，帕翠姬。」因為我聽到她在樓上忙著。

帕翠姬手裡拿著長拖把出現在樓梯頂端，態度雖然恭敬，但顯然就是一副「又有什麼事」的表情。

「是的，先生？」

「先生，您說什麼？」

「阿妮絲．威德爾打電話找你。」

我提高聲音說：「阿妮絲．威德爾找你。」

我一直用自己理解的方式拼出她的名字，不過現在我還是把實際的拼法寫出來吧。

「阿妮絲，沃德爾……她現在找我會有什麼事呢？」

帕翠姬不安地放下拖把，走下樓梯，印花衣服發出慌亂而細碎的響聲。

我識趣地退到飯廳。梅根正在大口吃著腰花和鹹肉，她不像艾美．葛菲詩那樣一早就精神抖擻，我跟她道早安，她只是虛應一聲，然後繼續默默地吃飯。

我翻開早報。不一會兒，喬安娜像被打敗似的進來了。

「天哪！」她說，「累死我也，我對四季蔬果的無知，大概全被人看穿了。喂，每年這個時候，難道不產紅花菜豆嗎？」

梅根說：「那是在八月啦。」

喬安娜不服輸地表示：「倫敦人任何時候都吃得到。」

「小傻瓜，」我說，「那是罐頭，還有從別的國家冷藏船運而來的。」

「就像象牙、猿猴和孔雀嗎？」喬安娜問。

「沒錯。」

喬安娜若有所思地說：「我寧願要隻孔雀。」

「我倒想養隻猴子當寵物。」梅根說。

喬安娜剝著橘子，邊想邊說：「我想知道當艾美．葛菲詩是什麼感覺，那麼健康，那麼有活力，又盡情享受生活。你覺得她有沒有疲倦、沮喪或……愁悶的時候？」

我說，我敢保證艾美．葛菲詩絕不曾愁悶過，然後便跟著梅根從落地窗走到陽台。

我站在那裡填菸絲時，聽見帕翠姬從客廳走進飯廳，她嚴肅地問道：「小姐，我可以和您說幾句話嗎？」

天哪，我心想，希望帕翠姬不會打小報告，說我在抽菸，否則巴頓小姐一定會很生氣。

帕翠姬繼續說道：「小姐，很抱歉有人打電話來找我，打電話的那位女孩實在太不懂分寸了，我從不使用這裡的電話，或讓朋友打電話來找我，很抱歉竟然發生這樣的事，還讓先生為我接電話。」

「唉，沒關係，帕翠姬。」喬安娜安慰她說，「你的朋友想找你時，為什麼不能打電話來？」

儘管看不到帕翠姬的臉，我卻可以想見她拉長著臉回答的樣子。

「這種事以前從未在此發生過，艾蜜莉小姐絕對不會允許的。我剛才說過，我很抱歉有人打電話來，但是打電話的女孩阿妮絲．沃德爾因為心裡難過，年紀又小，不懂正經人家的規矩。」

我幸災樂禍地想，看你怎麼處理，喬安娜。

「小姐，打電話找我的這個阿妮絲原來在這裡幫我忙。」帕翠姬繼續說道，「她那時十六歲，剛從孤兒院出來，她沒有家，所以沒有母親或親戚可以幫她拿主意，因此都習慣來找我。我可以給她很多建議。」

「所以呢？」

喬安娜說著，等待下文。帕翠姬的話顯然還沒說完。

「所以我想冒昧地請求小姐，今天下午能否准許阿妮絲來我們廚房喝茶，她今天休息，有點事想聽聽我的意見。通常，我是不會提這種要求的。」

喬安娜一臉困惑地問：「可是，你為什麼覺得不該邀請人來喝茶呢？」

帕翠姬聽完話，臉一繃，面色令人望而生畏。

「小姐，我們小金雀花沒這種規矩。老巴頓太太一向不許我們在廚房裡待客，除非那天是我們的休假日，如果休假日不出去，我們才可以在這裡招待朋友。否則平日是絕不允許的。艾蜜莉小姐也沿用了舊習。」

喬安娜對傭人都很好，很多傭人都很喜歡她，然而她就是拿帕翠姬沒辦法。

帕翠姬走後，喬安娜來到外頭與我們同坐。我說：「大小姐，沒轍了吧。人家不領你的情。對帕翠姬，你還是得用嚴格專橫的傳統方式，因為她認定正經人家必須有正經人家的規矩。」

「我從未聽說有人霸道到不許傭人邀朋友來看他們。」喬安娜表示，「傑瑞，這種規矩雖然方便，但傭人不會喜歡被當黑奴看待。」

「顯然他們喜歡，至少帕翠姬喜歡。」我說。

「我實在不懂她為什麼不喜歡我，很多人都喜歡我啊。」

「她可能是鄙視你不懂持家吧，你從來不摸書架，檢查看看是否擦乾淨了；從不翻開墊子，看看底下清潔了沒有；也不問剩下的巧克力蛋奶酥跑哪兒去了；你從來不點好吃的麵包布丁。」

「噢！」喬安娜繼續悲哀地說，「我今天真是倒楣透了。因為不懂蔬菜，被艾美看笑話；因為心太軟，被帕翠姬瞧不起。我看我不如到花園去吃蟲子好了。」

「梅根已經在那兒了。」我說。

只是梅根已經早幾分鐘走開了，現在正漫無目的地站在草坪中發呆。

不過她回頭向我們走來，突然說道：「我今天必須回家了。」

「什麼？」我大驚道。

她臉一紅，繼續說下去，緊張的聲音中透著堅定。

「你們這麼好心的留我住在這裡，這些天真是太打擾你們了，但我真的很快樂。只是現在我必須回去了，畢竟那兒是我的家。人總不能永遠不回家吧，所以我想今早就回去。」

我和喬安娜兩人拚命想讓梅根改變主意，但她很堅決。最後喬安娜不得不把車開出來，梅根則上了樓，幾分鐘後拎著收拾好的行李走下來。

唯一高興的人似乎是帕翠姬，她嚴肅的臉上綻出一絲笑容。她從來就不怎麼喜歡梅根。

喬安娜回來時，我正站在草坪中央。

她問我是否把自己當成日晷了。

「為什麼這麼說？」

「你杵在那裡像個花園裝飾一樣，可惜很難在你身上刻表顯示時間，因為你就像一根電線杆！」

「我心情很壞，笑不出來。先是艾美．葛菲詩（「天啊！我得去交代那些蔬菜的事。」

喬安娜低聲自語道），然後梅根又突然走了，我本來想帶她散步到萊傑托呢。」

「是繫著項圈，牽著繩子嗎？」喬安娜問。

「什麼？」

喬安娜繞過房子一角，往廚房的花園走去，一邊清晰地大聲重複說：「我剛才說：『是繫著項圈，牽著繩子嗎？』你啊，就像個走失了愛狗的人哪！」

§

我必須承認，自己很氣惱梅根就這樣突然離我們而去，也許她忽然厭倦我們了。畢竟，她的家庭生活並不那麼愉快，家中還有兩個孩子和愛瑟．霍蘭。

聽見喬安娜走回來，我急忙躲開，以免她又說些我是日晷之類的無聊話。

快到午飯時間時，歐文．葛菲詩駕車來訪，園丁已備妥蔬菜，等著他取走。趁老亞當把東西裝上車的空檔，我帶歐文進屋子喝點東西，他不能留下來吃中飯。

當我拿著雪利酒回來時，發現喬安娜已經開始在招呼客人了。

只見她蜷在沙發一角，完全看不出一絲敵意。她愉悅地問及歐文工作上的種種，諸如他是否喜歡當一般科醫生、為什麼不做專科醫生等等，還說她認為醫生是世界上最迷人的一種職業。

不管你平常對喬安娜有何看法，但她真的是名可愛而專注的聆聽者。碰過那麼多懷才不遇的天才一天到晚向你大吐苦水，現在聽聽歐文．葛菲詩講話簡直輕鬆至極。酒過三旬時，歐文已開始用醫學術語對她描述某些不明反應或傷害了，除非你也是學醫的，否則一個字也別想聽懂。

但喬安娜一副興味昂揚、聽得津津有味的表情。

我心頭一陣迷惑，喬安娜真是太壞了，葛菲詩這小夥子真的很不錯，但可經不得別人玩弄。女人真是惡魔啊！

接著我瞥了葛菲詩一眼，看到他長而堅毅的下巴及冷峻的雙唇，便又不敢確定喬安娜能稱心如意了。不管怎麼說，男人是不會允許自己被女人當傻子一樣玩弄，就算如此，也只能說是自找的。

這時喬安娜說：「葛菲詩醫生，你就改變主意，留下來和我們吃飯嘛。」

葛菲詩臉色微紅，表示自己很願意，只是他妹妹在等他回去……

「我們會打電話向她解釋的。」喬安娜很快說完，便去客廳打電話了。

葛菲詩似乎有些不安，我心念一動，揣想也許他有點怕他妹妹吧。

喬安娜笑著走回來說沒問題了。

就這樣，歐文．葛菲詩留下來吃午飯，他似乎很開心。我們聊書籍、戲劇、國際政治，還聊了音樂、繪畫和建築。

我們沒談到嶺石塔，沒談到匿名信，也沒談及西蒙頓夫人的自殺。

任何話題我們一聊就聊開了，我想歐文．葛菲詩很開心，他黝黑的臉龐閃著亮光，他的想法也很有趣。

他走後，我對喬安娜說：「這人不錯，你就別玩弄他了。」

喬安娜說：「你怎麼這樣講嘛！你們男人總是護著男人。」

「喬安娜，人家躲你，你卻偏偏要找他來，為什麼？是虛榮心受到傷害嗎？」

「也許吧。」我家小妹如是說。

§

那天下午，我們要去艾蜜莉．巴頓小姐鎮上的住處喝茶。

我們慢慢地步行過去，因為我覺得自己的體力已經可以撐到來回一趟了。

我們八成到得太早了，因為幫我們開門的是個一臉凶相、骨瘦如柴的高個女人。她說巴頓小姐還沒回來。

「但我知道她約了你們，那就請你們上來等吧。」

看來這位就是忠實的斐羅絲了。

我們尾隨她上樓，斐羅絲推開一扇門，將我們領進一間十分舒適但家具似乎過多的客廳，我懷疑有些家具是從小金雀花運來的。

這女人對她的房間顯然十分自豪。

「很好吧？」她要求我們回答。

「非常好。」喬安娜熱情地說。

「我想盡量讓她過得舒服些，雖然這不盡我的理想，而小姐應該也要住得更好一點。按理說，她該住在自己的房子裡，而不是被趕到這兒來。」

凶巴巴的斐羅絲責怪地看看我，又看看喬安娜。我覺得那天我們運氣真背，喬安娜早上才被艾美．葛菲詩和帕翠姬數落過，這會兒我們又遭到凶婆子斐羅絲的責難。

她補充說：「我在小金雀花做了十五年女僕。」

喬安娜被對方莫名的指責激怒，說道：「是巴頓小姐自己想出租房子的。她在房屋仲介那裡做了登記。」

「還不是被逼的。」斐羅絲表示，「她一向過得很節省，可是即使這樣，政府還是不放過她，一毛錢都不肯少拿。」

我悲傷地搖搖頭。

「老太太在世時家裡有很多錢，」斐羅絲說，「但不知怎麼的，她們一個個接連去世，可憐的女孩們。艾蜜莉小姐一個接一個地照顧她們，她永遠那麼富有耐心而毫無怨言，把自己累垮了不說，還得擔心錢的事！她說，股票不像以前那麼賺錢了。怎麼會不賺錢嘛，我倒想知道。他們應該感到慚愧才對，竟然占她這種女人的便宜！小姐弄不清數字，也不曉得他們在搞什麼鬼。」

「其實幾乎每個人的股票都賠了。」我說。

但斐羅絲的口氣並未緩和下來。

「對那些能照顧自己的人來說還沒關係，但小姐就不行了。她需要人照顧，只要她和我在一塊兒，我絕不會讓任何人用任何方式逼她，害她難過。為了艾蜜莉小姐，我什麼都願意做。」

為了讓我們充分聽懂她的意思，不屈不撓的斐羅絲盯著我們好一陣子，然後才小心地關上門，離開房間。

「傑瑞，你會不會覺得自己像個吸血鬼？」喬安娜問，「因為我有這種感覺。我們到底做錯什麼了？」

「我們好像不太有人緣，」我說，「梅根厭倦我們，帕翠姬對你不滿，忠實的斐羅絲對我們倆都很不以為然。」

喬安娜低聲說：「我想知道梅根究竟為什麼要走？」

「她厭倦了。」

「我一點都不認為她厭倦了。我猜……傑瑞，你想會不會是艾美．葛菲詩說了什麼？」

「你指今天早上她們在門口說話的時候嗎？」

「是啊，她們雖然沒談多久，但……」

我幫把她話說完。

「但是那女人很厲害，她可能……」

門開了，艾蜜莉小姐走了進來。她臉色粉粉的，有點上氣不接下氣，看來相當興奮，一對碧眼閃閃發亮。

她慌亂地小聲招呼我們。

「噢，天哪，很抱歉我回來晚了，剛好在鎮上買點東西，藍玫瑰的蛋糕我看不太新鮮，所以又去了賴岡太太的店，我總是把蛋糕留到最後才買，因為這時可以買到剛出爐、最新鮮的一批，而不是前一天剩下的。可是讓你們等我，真是太不好意思了……真是太對不起了……」

喬安娜打斷她說：「巴頓小姐，是我們不好，來早了。我們走來的，傑瑞現在腳程很快，我們到哪裡都變成早到。」

「怎麼會嫌早，親愛的，別那麼說，愈早來愈好呀。」

老太太慈祥地在喬安娜的肩上輕輕拍了一下。

喬安娜精神一振，似乎覺得終於受到歡迎了。巴頓小姐也對我展顏一笑，但那笑容裡帶了些許靦腆，彷彿在接近一頭暫時無害的食人虎似的。

「包頓先生，你肯賞光參加這種女性的茶會，真是太好了。」

我想，艾蜜莉．巴頓腦裡的男人，都是那種只會不停灌酒、喝蘇打水、抽雪茄、不時溜出去勾引鄉村少女或已婚婦女的動物吧。

後來我對喬安娜提起此事，喬安娜說，或許巴頓小姐也希望能邂逅這樣的男人，只可惜從未遇到過。

這期間，艾蜜莉小姐在房裡忙著幫我和喬安娜安排小桌子，又小心地拿來菸灰缸。片刻之後，門開了，斐羅絲端著茶盤進來，上面放著幾個非常精緻的杯子，我猜這是巴頓小姐帶過來的。茶是中國產的，非常清香。茶盤上還有幾碟三明治和塗了奶油的薄麵包，以及一些小蛋糕。

現在斐羅絲正滿面笑容，以母性的愉悅看著艾蜜莉小姐，就像看著自己深愛的孩子在玩耍一樣。

我和喬安娜在女主人的殷殷盛情下，吃到飽撐。這個小女人顯然很享受這次茶會，我覺得，對巴頓小姐而言，我和喬安娜的來臨對她無異是次冒險，因為我們都來自世故而神祕的倫敦大都會。

我們的談話自然很快便跳到地方上的人事，巴頓小姐熱切地談著葛菲詩醫生，誇他是名聰明又有醫德的醫生。西蒙頓先生也是位很傑出的律師，曾幫她從所得稅中爭回一些她永遠搞不清楚的錢，而且他很疼孩子，對妻兒都十分盡心……她頓了一下。

「可憐的西蒙頓夫人，真是太慘了，小孩那麼小就沒媽媽，也許她不夠堅強……加上近來身體一直不好。肯定是一時衝動，我在報上看過，在那種情況下，人真的不知道自己在幹什麼，她一定不清楚自己的所為，否則必然會考慮到西蒙頓先生和孩子們。」

「那封匿名信一定令她不知所措。」喬安娜表示。

巴頓小姐紅著臉，帶著一絲責怪說道：「親愛的，我想我們還是留點口德，別討論這事吧。我知道一直有……有人收到那種信件，但我們別談了，令人感到噁心。我覺得最好還是別去理會。」

這個嘛，巴頓小姐大可置之不理，但對某些人而言，卻不可能輕易放過。不過我還是順她的意改變話題，談起艾美．葛菲詩來了。

「她實在很了不起。」艾蜜莉．巴頓說，「精力和組織能力都令人讚嘆，對孩子們又寬厚。而且她很務實，還能與時俱進，在地方上真可說是呼風喚雨，而且對她哥哥盡心得不得了。能看到情誼這麼深厚的兄妹真難得。」

「她哥哥不曾覺得她讓人有點無法招架嗎？」喬安娜問。

艾蜜莉．巴頓驚詫地盯著她。

她帶著一絲責怪但又不失尊嚴的口吻說：「她已經為他犧牲太多了。」

我看到喬安娜不以為然的眼神，急忙把話題轉到卜艾先生身上。

艾蜜莉．巴頓不太清楚卜艾先生的為人。

只能不斷且不甚確定地說著他很善良、很富有，也很慷慨。有時他會有些非常奇怪的訪客，但那也很正常，因為他跑過很多地方。

大家一致認同，旅行不僅能開闊視野，而且有時還會結識些特別的人。

艾蜜莉．巴頓悵然地說：「我常幻想自己搭輪船旅遊，報紙常有這種文章，看起來很吸引人。」

喬安娜問：「那你為什麼不去？」

艾蜜莉小姐對實踐夢想似乎頗感驚慌。

「哦，哦，那是不可能的。」

「為什麼？費用又不貴。」

「哎，不僅是錢的問題，我也不想一個人去。你不覺得單獨旅行很奇怪嗎？」

「不會啊。」喬安娜說。

艾蜜莉小姐懷疑地望著她。

「況且我不知道自己在外國港口上岸時，提不提得動行李，加上還有各種不同的貨幣。」

這個小女人的眼光充滿了恐懼，喬安娜趕忙換個話題，問她即將來臨的花園遊樂會和藝術品銷售方面的問題，好讓她平靜下來。於是話題自然便扯到丹克索夫人身上了。

巴頓小姐臉上微微抽搐了一分鐘。

「親愛的，你們知道嗎？」她說，「她是個很奇怪的女人，有時會說些奇怪的話。」

我問是什麼。

「噢，說不上來，就是很出乎你意料的事情。而且她看你的樣子，就好像站在她面前的不是你，而是另有其人……我講不清楚，那種感覺真的很難描述。還有，她從來不去……怎麼說呢，不去干預。作為牧師的妻子，其實有很多事是可以給點建議或勸戒的。像阻止某些人的行為，讓他們痛改前非。因為我很確定，大家會聽她的話，大家都很敬畏她，可是她站得遠遠的，不去過問，而且老是為那些最不值得同情的人感到難過。」

「真有意思。」

我和喬安娜很快地互換了眼神。

「不過，她是位很有教養的女人。她是貝帕思一帶法羅維家族的小姐，系出名門。可我覺得這些世家有時候確實有點古怪。但她深愛自己的丈夫，他是個非常聰明的人，我覺得在這種鄉下地方，真有點糟蹋了。牧師人很好，又真誠，只是我覺得他太愛引用拉丁文，實在讓人聽不太懂。」

「是啊，是啊。」我大表贊同道。

「傑瑞接受的是昂貴的私校教育，所以碰到拉丁文時，完全聽不懂。」喬安娜說。

巴頓小姐聽了又談到新的話題。

「我們這裡的那位年輕女校長，實在太令人討厭了。」她說，「行為滿放蕩的。」提到

「放蕩」時，巴頓小姐還壓低了聲音。

後來我們上山回家時，喬安娜對我說：「巴頓小姐好可愛喔。」

§

那天晚上吃飯時，喬安娜對帕翠姬表示，希望她的茶會開得很成功。

帕翠姬臉一紅，表情變得更僵了。

「謝謝你，小姐，但阿妮絲根本沒來。」

「哦，對不起。」

「反正我無所謂。」帕翠姬說。

她滿腹不悅，只好將苦水倒給我們。

「又不是我要請她來的！是她自己打電話來，說心裡有事，問我能不能過來，因為她剛好休假。我說只要小姐准許就行了。可是後來，她人沒到，竟然也不來個信！連句道歉都沒有，不過我想明天我大概會收到她的明信片吧。這年頭的女孩呀，真是太沒分寸了，一點規矩都不懂。」

喬安娜試圖安撫帕翠姬。

「也許她身體不舒服。你沒打電話去問問嗎？」

帕翠姬火氣又來了。

「小姐，沒有，我沒打，真的沒有。要是阿妮絲這麼不懂事，她最好小心點。下次見到她，我非說她一頓不可。」

帕翠姬餘怒未消地出去了，我和喬安娜則忍不住噴飯。

「大概是『南西阿姨專欄』上的那種事：『我男友對我態度冷淡，我該怎麼辦？』這個阿妮絲找不到專家諮商，便來找帕翠姬出主意，結果小兩口又和好如初了。我看哪，阿妮絲現在八成正和她男友卿卿我我，就像暗幽樹籬旁的戀人一樣，別人瞧見了挺尷尬，他們自己卻樂在其中。」

喬安娜大笑，說她也是如此猜想。

我們開始談論匿名信的事，也很想知道納許和憂鬱的戈雷夫有什麼進展。

喬安娜說：「從西蒙頓夫人自殺到今天剛好滿一週，他們應該有些眉目了，總有些指紋、筆跡或其他線索跑出來吧。」

我心不在焉地附和她，不知怎地，我心中的不安竟愈來愈強烈。也許和喬安娜剛才所說的「滿一週」有些關係吧。

我早該把這些線索拼湊在一起，也許下意識裡，我已經在起疑了。

總之，那東西已經在醞釀了，我也愈來愈感焦躁難安……那股焦慮就快要爆發了。

喬安娜興致勃勃地講述她在村裡的一件遭遇，但她突然注意到我沒在聽。

「傑瑞，你怎麼啦？」

我沒答腔，因為心裡正忙著把事情串聯起來。

西蒙頓夫人的自殺……那天下午她一個人在家……一個人在家是因為女僕當天休假外出……就在一週前……

「傑瑞，怎麼了……」

我打斷她。

「喬安娜，女僕一週有一次休假可以外出是嗎？」

「還有隔週的星期天。你到底……」喬安娜說。

「先不說星期天，她們每週都是在同一天外出的嗎？」

「是的，通常是。」

喬安娜好奇地盯著我，完全不知道我腦袋裡在想什麼。

我穿過房間，按了鈴。帕翠姬走進來了。

「告訴我，」我說，「這個阿妮絲．沃德爾……她還在幫傭嗎？」

「先生，是的，在西蒙頓夫人那兒做事……現在應該說是在西蒙頓先生那兒做事了。」

我深吸了口氣。看看時鐘，已經十點半了。

「你想她現在回去了嗎？」

帕翠姬不以為然地說：「是的，先生。女僕得在十點前趕回去，他們家很傳統的。」

我說：「我去打個電話。」

我走到大廳，喬安娜和帕翠姬跟在我身後。帕翠姬很不高興，喬安娜則一臉不解。我撥號時，她問道：「傑瑞，你打算幹嘛？」

「我想確定那女孩已經安全回家了。」

帕翠姬用鼻子吸了口氣……只是吸了口氣，沒再說別的。我才不管帕翠姬吸了幾口氣呢。

接電話的是愛瑟．霍蘭。

「對不起，打擾了。」我說，「我是傑瑞．包頓。你們的女僕阿妮絲回……已經回去了嗎？」

我話說完了，才突然想到自己有點像傻瓜，萬一那女孩已經回來了，而且沒發生什麼事，我該如何解釋自己打電話的意圖。要是一開始由喬安娜去問就好了，儘管那樣也還是需要費一番解釋。我可以預見又有新的閒言閒語會在嶺石塔蔓延了，而我和那位素不相識的阿妮絲．沃德爾，將成為一則桃色八卦的男女主角。

愛瑟．霍蘭自然十分吃驚了。

「阿妮絲？哦，她現在應該回來了。」

我覺得自己很白癡，不過還是繼續說道：「霍蘭小姐，能不能麻煩你去看看她是否回來了？」

小孩子的家教通常有個特點……習慣言聽計從，而且不會問為什麼！愛瑟・霍蘭放下話筒，順從地去了。

「在。」

兩分鐘後，我聽到她說：「包頓先生，你還在嗎？」

「阿妮絲真的還沒回來呢。」

那時我就意識到自己的直覺沒錯。

我隱隱聽見話筒那邊傳來雜音，然後西蒙頓先生說話了。

「包頓，你好，什麼事？」

「你的女僕阿妮絲還沒回來嗎？」

「沒有，霍蘭小姐剛去看過了。怎麼了？沒發生意外吧？」

「不是意外。」我說。

「你的意思是說，你覺得那女孩出事了？」

我沉聲說：「如果發生意外，我並不會感到意外。」

／08

那天晚上我沒睡好，腦海裡翻騰著許多線索與片段。我相信，如果自己事發之初肯好好的思索，也許當場便能解開整件事的謎底了，否則為什麼那些片段總是揮之不去？

我們心中到底知道多少事？我相信一定比我們自己以為的多！但我們無法深入自己的潛意識，答案明明就在那裡，我們卻無法觸及。

我躺在床上，不安地翻著身，任那些謎樣的模糊片段折磨著。

好像有一種模式，要是我能掌握住就好了。我應該知道那些該死的信是誰寫的。有某條線索，我若能循線去追就好了……

就在我迷迷糊糊睡去的時候，有些字煩亂地在我昏脹的腦子裡跳動。

無火不起煙，無煙不成火，煙……煙？煙幕……不，那是戰爭用語。戰爭。紙片，只是一片紙。比利時……德國……

我睡著了，夢見自己牽著變成賽犬的丹克索夫人去散步，賽犬戴著項圈，繫著狗鍊。

§

電話鈴聲將我驚醒。那鈴聲怎麼也不肯停。

我在床上坐起，看看錶，八點半。還沒有人叫我起床。電話在樓下大廳響著。

我跳下床，披上睡衣，衝下樓。帕翠姬從廚房穿過後門過來，我正好趕在她前面接起話筒。

「喂？」

「啊……」對方哭道，「是你啊！」是梅根的聲音，聽起來充滿絕望和恐懼。「哦，請你快點過來……一定要過來，一定要！好嗎？」

「我馬上過去，」我說，「你聽見了嗎，馬上就去。」

我三步併作兩步衝上樓去找喬安娜。

「妹，聽著，我要去西蒙頓家。」

喬安娜從枕頭上抬起披著金髮的頭，孩子似地揉揉眼睛。

「為什麼……出了什麼事？」

「我不知道，是梅根那孩子。她聽起來精疲力竭了。」

「你認為是怎麼回事？」

「除非我猜錯，否則應該跟阿妮絲那女孩有關。」

我出門時，喬安娜在後面喊道：「等等，我起來開車送你去。」

「不必了，我自己開。」

「你不能開車。」

「我可以的。」

我也真開動車了。雖然疼，但還可以忍。我在半小時內梳洗完畢、刮好鬍子、把車開出來，直抵西蒙頓家，挺有效率的。

梅根肯定一直在等我，她衝出房屋，抓住我，可憐的小臉抽抽搐搐慘白若雪。

「哦，你終於來了……你終於來了。」

「別怕呀，小鬼。」我說，「是的，我來了。現在告訴我，到底出了什麼事？」

她開始發抖，我將她攬進懷裡。

「我……我找到她了。」

「你找到阿妮絲了？在哪兒？」

她抖得更厲害。

「在樓梯下面。那兒有個櫃子。裡面放著釣竿、高爾夫球棍和其他東西，你也知道的。」

我點點頭，那是一個普通的櫃子。

梅根往下說：「她就在那兒，全身蜷在一起，而且全身冰涼……涼得嚇人，她……她死了。」

我好奇地問：「你怎麼會往那裡去找呢？」

「我……我也不知道，昨晚你打電話來，大家就開始討論阿妮絲跑哪去了。我們等了一段時間，她還是沒回來，最後我們就去休息了。我沒睡好，起得較早。只有廚娘露絲也起來了，她很氣阿妮絲一夜未歸，她說她以前在別的地方也碰過這種事。我在廚房喝了些牛奶，吃了奶油麵包。這時露絲突然神色怪異地走進來，說阿妮絲的外出服還在她房裡，她出門時會穿的漂亮衣服也都還在。我就開始懷疑她是否離開過家，所以四下尋找，我打開樓梯下的櫃子，就……就發現她在那裡……」

「報過警了嗎？」

「是的，警察已經在這裡了，繼父當下就給他們打了電話。而我……我受不了了，就打電話給你，你會介意嗎？」

「不會，」我說，「怎麼會介意？」我好奇地看看她。「有沒有人給你喝點白蘭地、咖啡或茶？在……在你找到屍體之後？」

梅根搖搖頭。

我把西蒙頓全家上下詛咒了一遍。那個天殺的西蒙頓只想到給警方打電話。而愛瑟．霍蘭和廚娘也都沒想到發現一具毛骨悚然的屍體，對這個敏感的孩子會有什麼影響。

「看你被嚇的，」我說，「來，我們到廚房去。」

我們繞過房子，從後門進入廚房。豐滿圓臉的露絲是名四十歲的女人，正在火邊喝著濃茶。她撫著胸口，滔滔不絕地跟我們訴說。

她告訴我說，她全身發抖，心悸不已！想想看，被謀殺的人，很可能是她們其中任何一位啊。

「去幫梅根小姐倒杯濃茶吧。」我說，「她嚇壞了，別忘了，發現屍體的人是她。」

一提到屍體，露絲又要發表長篇大論了，我用目光嚴厲地制止了她。露絲倒來一杯墨色的濃茶。

「喝吧，小姐。」我對梅根說道，「把這個喝下去。露絲，你這邊有沒有白蘭地？」

露絲不甚確定地說，做聖誕布丁時，有剩下一些做菜用的白蘭地。

「那也可以。」

我說，然後在梅根的杯子裡倒了一些。我從露絲的眼神看得出來，她覺得這個主意很不錯。

我叫梅根和露絲待在一起。

「能麻煩你照顧梅根嗎？」我問。

露絲滿足地答道：「哦，可以啊，先生。」

我穿過廚房進了屋子。我了解露絲這類人，她很快就會發現現在最好吃點東西保持體力，而那樣對梅根也好。這些人真該死，為什麼連個孩子都照顧不了？

我一肚子的火，正好在大廳裡撞見了愛瑟．霍蘭。看見是我，她似乎毫不訝異，我想，碰到發現屍體這種恐怖的事，誰也不會再去留意來來去去的人吧。警員伯特．魯道就站在前門邊。

愛瑟．霍蘭喘道：「哦，包頓先生，好可怕呀，到底是誰幹了這麼可怕的事？」

「所以是謀殺了？」

「哦，是的，她被擊中後腦，頭髮上全是血……哦，真可怕……她被捆起來塞進櫃子裡。誰會幹這種惡毒的事？為什麼？可憐的阿妮絲，我相信她不會傷害任何人。」

「是啊。」我說，「這馬上就看得出來。」

她瞪著我。我心想，這女人也太遲鈍了吧，不過她膽子滿大的，神色因刺激而顯得有些亢奮，我甚至以小人之心度君子之腹，覺得她雖然心腸好，但其實挺享受這整件事故。

她抱歉地表示：「我必須上樓陪孩子了。西蒙頓先生很著急，說別讓他們嚇著。先生要我立刻去照顧他們。」

「我聽說是梅根發現屍體，」我表示，「希望有人在照料她。」

愛瑟．霍蘭看起來十分良心不安。

「天哪，」她說，「我都把她忘了，希望她沒事。你知道我一直忙前忙後、招呼警察什麼的……可是我也太疏忽了。可憐的女孩，她一定很難過，我馬上去找她。」

我放了她一馬。

「她沒事。」我說，「露絲正在照顧她，你去看孩子吧。」

她墓碑般的白牙一閃，謝過我之後便急忙上樓去了。畢竟，那兩個男孩才是她的工作，梅根不是……梅根不是任何人的職責。愛瑟是聘來照管西蒙頓的兒子。她這樣做，誰也無法怪她。

她快速轉過樓梯拐角時，我屏住了呼吸。就在那一瞬間，我瞥見了長著翅膀的勝利女神，她看上去如此不朽，美麗得不可思議，一點都不像一名恪盡職守的家庭教師。

這時門開了，納許組長走進大廳，身後跟著西蒙頓。

「哦，包頓先生，」他說，「我正想給你打電話呢，很高興你在這兒。」

他沒問我為什麼會在這兒。

納許扭頭對西蒙頓說：「可以的話，我想使用這個房間。」

這是一間小小的晨室，窗戶開在房子前方。

「當然，當然可以。」

西蒙頓相當鎮定，但顯然極度疲累。納許組長輕輕地說：「西蒙頓先生，我若是你，我會去吃點東西。你、霍蘭小姐和梅根小姐若能吃點雞蛋、鹹肉、咖啡，會舒服很多。」

他的語氣頗像個令人寬心的家庭醫生。

「謝謝你，組長，我會接受你的建議。」

我跟著組長來到小客廳，他關上門對我說：「你的動作倒挺快的，你是怎麼聽說的？」

我告訴他梅根打電話給我。我對納許組長頗有好感，畢竟他沒有忘記梅根也需要吃點東西。

「包頓先生，聽說你昨晚打電話問過死者的事，為什麼？」

我想這確實有點怪。我告訴他阿妮絲打電話給帕翠姬以及並未露面的事。他說：「原來如此，我明白了……」

他說這話時撫著下巴，語調緩慢而若有所思。

接著他嘆口氣道：「這個……現在算是謀殺了，錯不了的。直接的攻擊身體。問題是，這個女孩到底知道什麼？她對帕翠姬說過什麼沒有？任何確切的事？」

「我覺得沒有，但你可以去問問看。」

「是的，等這邊的事辦完了，我就去你那兒找她。」

「到底發生什麼事了？」我問，「還是你也不知情？」

「問得差不多了。那是女僕的放假日……」

「兩個女僕都放假嗎？」

「是的，好像是，原本這裡有兩姐妹喜歡一起外出，所以西蒙頓夫人就那樣安排了。後來這兩名女僕來了以後，夫人還是沿用原先的規定，她們出門時把做好放涼的晚飯擺在飯廳裡，霍蘭小姐則負責端茶點。」

「我明白了。」

「事情到這一步還很清楚，廚娘露絲家在內瑟密克福德，為了能在休假時趕回家，她得搭兩點半的公車。所以每次總是由阿妮絲負責午飯後的清洗工作，露絲為了補償，常在晚上清洗晚飯的碗盤。

「昨天就是這個樣子。露絲兩點二十五趕去搭公車，西蒙頓在兩點三十五分去辦公室。愛瑟．霍蘭和孩子們在兩點四十五時出去了。梅根．韓特五分鐘後騎上自行車也出去了，那時只有阿妮絲一人在家。就我所知，她通常會在三點到三點半之間離開。」

「這麼說，屋子裡不就沒人了？」

「哦，在嶺石塔倒不必擔心這點，這裡的人不太鎖門。就我所說，兩點五十分時，阿妮絲單獨在屋子裡，之後顯然就再也沒離開過了，因為我們發現她的屍體時，她還戴著工作帽、圍著圍裙。」

「你們應該可以推斷出死亡的大概時間吧？」

「葛菲詩醫生不願太武斷，他裁定說是兩點至四點三十分之間。」

「她是怎麼被殺的？」

「先被擊中後腦昏倒，之後被廚房常用的烤肉叉刺進頭骨，立刻致死。」

我點燃一根菸。這聽起來太駭人了。

「真冷血啊。」我說。

「是的，沒錯。」

我深吸了一口菸。

「誰幹的？」我問，「又為了什麼？」

納許慢慢說道：「我想，我們永遠也不會知道確切的原因，但我們可以猜一猜。」

「阿妮絲知道了什麼嗎？」

「是的。」

「她沒給這裡的人任何暗示嗎？」

「就我了解並沒有。據廚娘說，自從西蒙頓夫人死了以後，阿妮絲一直心神不寧，變得愈來愈焦慮，不斷地說她不知道該怎麼辦。」他短嘆一聲。「事情總是這樣，他們就是不會來找警察，總是擺脫不了根深柢固的偏見，不願『和警察扯上關係』。她若肯對我們傾吐自己的心事，今天就還活著了。」

「難道她沒給另一個女僕任何暗示嗎？」

「沒有，露絲是這麼說的。我也傾向相信她的話。因為如果阿妮絲那麼做了，露絲一定會立刻和盤托出，而且還會加油添醋一番。」

「真相未明，實在教人快急瘋了。」我說。

「包頓先生，我們還是可以猜猜看。首先，這一定不是什麼很明顯的事，必然是那種愈想愈覺得不對勁的事。你懂我意思嗎？」

「我懂。」

「實際上，我想我知道是怎麼回事。」

我滿懷敬意地望著他。

「真厲害啊，組長。」

「嗯……是這樣的，包頓先生，我知道一些你不知道的事。西蒙頓夫人自殺的那天下午，兩個女僕應該要休假出去的，但實際上阿妮絲又返回家裡了。」

「你知道這個啊？」

「是的。阿妮絲有個男朋友，是魚店的年輕店員倫德爾。星期三店門關得早，他過來約阿妮絲散步，心想下雨的話就去看電影。那個星期三小兩口一見面就吵架了，因為我們那位大作家一直不斷發信，暗示阿妮絲腳踏兩條船，年輕的倫德爾被惹惱了。兩人激烈地爭吵，阿妮絲跑了回來，說除非倫德爾道歉，否則就不出去。」

「然後呢？」

「包頓先生，廚房正對著房子後邊，但食品儲藏室正對的是我們現在看的方向，入口的大門只有一扇，穿過大門後，不是走到前門，就是沿著房子一側的小路走到後門。」他停頓片刻。「我現在告訴你一件事吧。那天下午西蒙頓夫人收到的信，並不是郵局送來的。信上貼了一張用過的郵票，郵戳也幾乎以假亂真，弄得像是郵差下午送達的，但實際上，信不是郵差送來的。你明白其中的含義了吧？」

我緩緩說道：「這表示信是某人親自送來的，趁下午郵件抵達前塞進信箱，這樣信就會混在其他郵件中了。」

「完全正確。下午的郵件大約在三點四十五分到達。我的推測是這樣的：阿妮絲在食品儲藏室向窗外張望（雖然有灌木遮擋，但還是能看得非常清楚），看她男友會不會跑來向她道歉。」

我說：「於是她看見了投信的人？」

「我猜是這樣，包頓先生，當然我也有可能猜錯了。」

「我認為你猜得沒錯。原因很簡單，但令人信服……這表示阿妮絲知道寫匿名信的人是誰。」

「是的。」

「但當時她為什麼沒有……」

我停下來，皺起眉頭。

納許很快表示：「照我看，阿妮絲當時並未意識到自己看到的是什麼，至少一開始沒有。的確有人把信放進信箱裡……不過她作夢也沒想到那和匿名信有關。從這個角度來看，此人應該是位很不容易被懷疑到的人。

「但阿妮絲愈想就愈覺得不安。也許她該把這事告訴別人？在困惑中，她想到了巴頓小姐家的帕翠姬。我猜這個帕翠姬是個很有主見的人，阿妮絲會毫不猶豫地接受她的建議。於是她決定去問問帕翠姬，看看自己該怎麼辦。」

「沒錯，」我若有所思地說，「這很合理。總之，寫匿名信的人不知怎地發現這件事了。組長，你認為她是如何發現的呢？」

「包頓先生，你還不熟悉鄉間生活。任何事情就是會不經意的傳開。首先是打到你家的那通電話，有誰聽到那通電話了？」

我想了想。

「電話最初是我接的，然後我叫了樓上的帕翠姬。」

「你有沒有提到那女孩的名字？」

「有……有的，我提了。」

「有任何人聽見嗎？」

「我妹妹或葛菲詩小姐可能都聽見了。」

「啊，葛菲詩小姐，她在那兒做什麼？」

我做了解釋。

「她是直接回村裡去嗎？」

「她要先去卜艾先生那裡。」

納許組長嘆口氣。

「所以這件事可能是由兩種方式傳遍全鎮的。」

我簡直無法相信。

「你的意思是說，葛菲詩小姐或卜艾先生會不嫌麻煩地對別人重述那種芝麻小事？」

「在這種地方，綠豆點大的事都是新聞。說出來你可能不相信，如果裁縫的媽媽長了一個嚴重的雞眼，這裡的每個人都會知道。而且還有電話那頭的霍蘭小姐、露絲……他們可能都聽到阿妮絲說的話。還有倫德爾。也許阿妮絲那天下午跑回去的事，就是從他嘴裡傳出來的。」

我微微哆嗦了一下。我看看窗外，眼前是一塊整潔的方形草坪、一條小路和低矮整齊的大門。

有人打開大門，悄悄來到房前，把信塞進信箱裡。我心中隱隱浮現那女子的身影，她的面容一片空白——但這張臉我一定認識……

納許組長說：「不過，嫌犯的範圍已經縮小了。案子到了最後總是這樣，要耐著性子，排除掉不可能的人。現在可能的人選已經沒那麼多了。」

「你是說……」

「這樣一來，昨天下午在上班的女士就都排除了。那位女校長沒有嫌疑，因為她在上課，還有本區的護士，我知道她昨天在哪兒。我倒沒懷疑過她們，但這下我們可以很確定不是她們。包頓先生，現在我們得針對兩個時段來考慮……昨天下午和一週前的同日下午。西蒙頓夫人死亡當天，從三點十五分（阿妮絲與男友吵架後，最早可能回到房裡的時間）到郵件抵達的四點（這點我可以跟郵差核對）之間。昨天的兩點五十分（梅根小姐出門後）到三點半或三點四十五之間，因為阿妮絲也許還沒開始換衣服。」

「你認為昨天究竟發生了什麼事？」

納許扮了個鬼臉。

「我認為發生什麼？我認為有位女士來到前門按門鈴，她滿面堆笑，非常平靜，像來串門子的樣子……也許她要找霍蘭小姐或梅根小姐，或者她帶了個包裹來。總之，當阿妮絲轉身去取托盤放名片，或把包裹拿進去時，我們的這位淑女便趁此擊中她的後腦勺了。」

「用的是什麼？」

納許說：「這裡的女士常會在袋子裡放些很大的東西，誰知道她們裝了什麼。」

「然後從頸後再刺下去，捆起來放進櫃子裡？這件工作對女人來說，會不會太粗重了一點？」

納許組長以一種相當詭異的表情盯著我。

「我們追捕的這個女人本來就很不正常……極不正常。那種精神不穩定的人，常具有令人稱奇的力道，阿妮絲又不是個高大的女孩。」他停下來，然後問道：「梅根小姐怎麼會想到要去櫃子裡找？」

「純粹憑直覺。」我說。然後我問：「凶手為什麼要把阿妮絲拖進櫃子裡？有什麼用意嗎？」

「屍體被發現的時間愈晚，確認死亡的時間就愈困難。比如說，如果霍蘭小姐一進來就絆倒在屍體上，醫生很可能在十分鐘內就鑑定出來……這麼一來，那位女士就麻煩大了。」

我皺著眉說：「但如果阿妮絲對這個人已起了疑心的話……」

納許打斷我說：「她沒有，還沒那麼懷疑，她只是覺得『怪怪的』而已，我想她是個反應遲鈍的女孩，僅僅覺得不太對勁罷了，並沒有感到事態不妙。阿妮絲一定不知道對方準備殺她。」

「而你懷疑到了？」我問。

納許搖搖頭，悔恨地說：「我應該要料到的，自殺事件把凶手嚇到了，她嗅出風聲很緊。包頓先生，恐懼是一種難以預料的東西。」

「是的，是恐懼，我們早該料見的，一個瘋子的恐懼……」

「看來啊，」不知怎的，納許組長的說法使得整件事聽來格外駭人。「我們要抓的是位備受尊崇、頗具聲譽的人……事實上，她享有很高的社會地位。」

§

不久，納許表示想再探訪露絲一次。我略示躊躇地問他，自己能否同去，沒想到他竟然同意了。

「包頓先生，很高興有你跟我一起合作。」

「這話聽起來有點可疑，小說裡的偵探在歡迎某人協助時，那個人通常就是凶手。」納許笑了幾聲說：「包頓先生，你絕不是那種會寫匿名信的人。」他補充說：「坦白說，你對我們很有用。」

「很高興你這麼說，但我不懂自己哪裡有用了？」

「你在本地是個陌生人，理由就在這裡。你對這裡的人沒有成見，但同時，你又可以透過社交方式來了解詳情。」

「凶手是位擁有良好社會地位的人？」我低聲說。

「完全正確。」

「那我豈不成了臥底的探子了？」

「你會反對嗎？」

我想了想。

「不會。」我表示，「老實說，我並不反對。如果有個危險而到處活動的瘋子，既逼迫無辜的婦女自殺，又襲擊可憐的小女僕，那麼我不反對要點詐，把那個瘋子送進精神病院。」

「先生，你真通情達理。讓我告訴你吧，我們追捕的那個人的確很危險惡毒，她的危險性，不下於將各種毒物加在一起。」

我微微哆嗦了一下說：「那麼我們得趕快行動了？」

「沒錯。別以為警方沒在辦事，我們有的，我們在同時調查幾個不同的線索。」

他說這話時表情十分嚴肅。

我彷彿看到一張織得密密麻麻的巨網……

納許想再聽聽露絲的說法，他解釋說，因為露絲已經跟他講過兩個不同的版本了，若能從她嘴裡套出更多東西，就愈有可能把零星的線索串聯起來。

找到露絲時，她正在洗早飯的碗盤。她立即停下手中的工作，揉揉眼睛，揪著胸口，再次解釋說自己一整個早上都不對勁。

納許對她很有耐心，但態度十分堅決。他告訴我說，他第一次偵訊時很溫和，第二次十分嚴厲，現在則是合二為一。

露絲興奮地誇大上一週的種種細節，說阿妮絲嚇得走來走去，當她問阿妮絲怎麼回事時，阿妮絲還渾身發抖地說：「別問我。」露絲最後翻著白眼表示，「她說呀，如果她告訴我，就死定了。」

阿妮絲沒提過她在煩惱什麼嗎？

沒有，只說她擔心自己小命不保。

納許組長嘆口氣，放棄這個話題。至少他已經很清楚昨天下午露絲都在做些什麼，可以滿意了。

簡單說，露絲搭上兩點半的公車，和家人共度了下午和傍晚，然後乘八點四十的車從家中返回。露絲講得很複雜，說她整個下午都有不祥的預感，她妹妹又在一旁議論不休，而她又是如何連一口蛋糕都無法下嚥等等。

從廚房出來，我們去找愛瑟·霍蘭，她正在監督孩子們做功課。愛瑟·霍蘭與平日一樣的稱職而親切。她站起身說：「聽著，柯林，你和布萊恩先做這三道算術題，我回來時你們要把答案寫好。」

接著她把我們領進了嬰兒室。

「這裡行嗎？我覺得別在孩子面前談會好一些。」

「謝謝你，霍蘭小姐。請再次告訴我一次，你確定阿妮絲從來沒向你提過她在擔心什麼事嗎？我的意思是，自從西蒙頓夫人死亡以來？」

「沒有，她從未提過。你知道的，她是個文靜的女孩，不大說話。」

「那麼她跟另一位女僕很不一樣囉！」

「是的，露絲話很多，太多了。有時我還得叫她別說話。」

「你能確切地告訴我昨天的情況嗎？所有你想得起來的事。」

「我們和平時一樣吃完午飯，那時是一點，我們吃得早了些，我不讓孩子邊玩邊吃。我想想看，西蒙頓先生回辦公室去了，我幫阿妮絲擺好晚餐的桌子，孩子們跑到花園去了，等我帶他們出去。」

「你們去了哪裡？」

「朝康碧克的方向去，我們走田間小路。孩子們想釣魚，我忘了帶魚餌，只得回來拿。」
「那是什麼時候？」
「讓我想想……我們出去時大約是兩點四十分或四十多分，梅根本來要去，但後來變卦了。她騎自行車出去，她很喜歡騎車。」
「我是指你回去取魚餌的時間？你有進屋子嗎？」
「沒有。我把魚餌放在屋後的溫室裡，我不知道那時幾點……也許兩點五十分左右吧。」
「你有沒有看見梅根或阿妮絲？」
「我想梅根應該已經走了。我沒看到阿妮絲，誰也沒見著。」
「後來你就去釣魚了？」
「是的，我們沿著小溪邊走。什麼也沒釣到，幾乎每次都這樣，但孩子們就是喜歡。布萊恩身上弄得很溼，回家後我只得幫他換衣服。」
「星期三都是由你負責準備茶點的嗎？」
「是的，茶點都為西蒙頓先生準備好放在客廳裡了，等他回來後，我只要沏茶就行了。我和孩子們在教室裡吃我們的……當然還有梅根。我把自己的茶具和其他東西都放在那邊的櫃子裡。」
「你們什麼時候回來的？」
「四點五十分左右。我把孩子們帶上樓，然後開始準備茶點。西蒙頓先生五點回來的時候，我下樓去弄他的茶，可是他說他要和我們一起在教室喝。孩子們很高興，我們後來還玩了老鷹抓小雞。現在想起來實在很可怕，我們在上邊玩，那個可憐的女孩卻一直躺在下面的櫃子裡。」

「平常有人去櫃子那兒嗎？」

「哦，沒有，那只是用來存放廢棄物。帽子和外套都掛在你們進門時右手邊的小衣帽櫃。那個櫃子幾個月也不會有人去碰。」

「我明白了。你回來時一點也沒注意到有何異常嗎？」

對方瞪大一對藍眼。

「沒有，一點也沒有。一切都和平時一樣，這件事最可怕的也就是這點。」

「一週前的情況呢？」

「你指的是西蒙頓夫人自……」

「對。」

「啊，太恐怖，太恐怖了……」

「是的，是的，我知道，那天你整個下午也都不在家嗎？」

「哦，是的，我總是在下午帶孩子們出去……如果天氣夠好的話。我們都是早上上課。記得我們那天去了荒原，那是很長的一段路。那天我有點遲歸，因為我轉身進大門時，看見西蒙頓先生已經從路的另一頭他辦公室的方向走過來，可是我連水都還沒燒呢，當時是四點五十分。」

「你沒上樓找西蒙頓夫人嗎？」

「哦，沒有，我從不上樓吵她。她午飯後一向要休息，她會神經痛……通常在飯後發作，葛菲詩醫生給她開過藥讓她服用。她服完後就躺下睡覺。」

納許隨口問道：「這麼說，不會有人把郵件送上樓給她囉？」

「下午的郵件嗎？是的。我回來時會去查看信箱，然後把信放到大廳桌上。不過西蒙頓夫人習慣自己下樓來取。她不會睡整個下午，通常睡到四點就起床了。」

「那天下午她沒起來，你難道沒覺得不對勁嗎？」

「哦，沒有。我從未想過會出那種事。西蒙頓先生正在門廳裡掛外套，我說：『茶還沒完全準備好，不過水快開了。』他點點頭，然後喊夫人的名字，由於夫人沒答話，先生就上樓去她房間。他一定嚇壞了。先生叫我，我到了夫人房間，先生只說：『別讓孩子過來。』然後便給葛菲詩醫生打電話。我們全忘了還在燒開水這件事，結果把水壺的底都燒焦了。天哪，真可怕，夫人吃午飯時還開開心心的。」

納許突然說：「霍蘭小姐，你對夫人收到的那封信有何看法？」

愛瑟．霍蘭憤慨地說：「哦，我覺得太惡毒，太惡毒了！」

「是的，不過我指的不是那個。你認為信裡說的是真的嗎？」

愛瑟．霍蘭堅決地表示道：「不，絕對不是真的。西蒙頓夫人很敏感，真的很敏感，各種各樣的事都會令她緊張不已，而且她很……怎麼說，很特別。」愛瑟臉一紅。「像那種事……那種骯髒事，會讓她很震驚。」

納許沉默一會兒後說：「霍蘭小姐，你可曾收過那種信？」

「沒，沒有，我一封也沒收過。」

「你確定嗎？」他舉手說，「請別急著回答。我知道收到那種信很令人不快，有時大家不願意承認自己收到過，但在這個案子中，這點非常重要，我們一定要知道。我們很清楚信裡的話全是一派胡言，因此你不必感到不好意思。」

「可是我沒收過啊，組長。真的沒有，一封也沒收到。」

她氣得都快哭了，看來她所言不假。

霍蘭小姐回去照應孩子們後，納許站在原地望著窗外。

「就到這裡為止吧。」他表示，「她說沒收過信，聽起來她似乎沒說謊。」

「是啊，我相信她說的是實話。」

納許說道：「嗯，那麼我倒想知道，究竟為什麼她沒收到？」

我望著他，納許相當不耐煩地說：「她是個漂亮女孩，對吧？」

「何止漂亮。」

「沒錯。實際上，她非常美麗，人又年輕。按理說，正是寫匿名信的人會喜歡的對象，可是為什麼她偏偏幸免了呢？」

我搖搖頭。

「這很有意思。這件事我得跟戈雷夫提一提，他問過我們能否明確地告訴他，誰不曾收過匿名信。」

「霍蘭小姐是第二位。」我說，「別忘了，還有艾蜜莉．巴頓小姐。」

納許輕聲一笑。

「包頓先生，你不應輕信聽來的每件事。巴頓小姐收過信的……而且不只一封。」

「你怎麼知道？」

「和她同住的那位母夜叉告訴我的……好像是她以前的女僕或廚娘吧。叫斐羅絲．奧福特，她對這件事很氣憤，恨不得喝光寫信人的血。」

「艾蜜莉小姐為什麼說她一封也沒收到？」

「不好意思吧。信裡說得很難聽，而艾蜜莉．巴頓這輩子最怕跟粗俗野蠻沾上邊。」

「信裡說了些什麼？」

「還不是老套。她那封尤其荒謬，故意影射她毒死老母和其他姐妹！」

我不可置信地說：「你是說，真的有一個瘋婆娘到處亂放話，而我們卻無法立刻揪出她嗎？」

「我們會將她捉拿歸案的。」納許說，他的聲音很嚴肅。「她總會寫出一封露出破綻的信來。」

「可是，天哪！老兄，她不會再寫了……至少目前不會。」

納許看著我。

「噢，會的，她會再寫的。她已經無法收手了，這是種病態的渴求。這信會再寫下去，一定會的。」

09

臨走前我去找梅根。她在花園裡，看來似乎已恢復平靜。她開心地和我打招呼。

我提議她再回來和我們住些日子，梅根遲疑一會兒後搖搖頭。

「你真好，不過我想我還是留在這裡吧。畢竟……畢竟這是我的家呀，而且我也能幫忙帶帶孩子。」

「既然這樣，」我說，「那就隨你吧。」

「我還是留下來，這樣我就可以，可以……」

「可以什麼？」我問。

「如果……如果出了可怕的事，我可以打電話給你，對吧？而且你會趕來。」

我很感動。

「當然了。但是你認為會出什麼可怕的事呢？」

「哦，我不知道。」她顯得很茫然，「看起來好像會出事，不是嗎？」

「看在上帝的份上，」我說，「你可別再到處去找屍體了，這對你不好。」

她對我微微一笑。

「是啊，對我是不好，我看了很想吐。」

我不太想讓梅根留在這裡，但誠如她所說，畢竟這是她家啊。而且，我想現在愛瑟・霍蘭應該會對她多盡點責吧。

納許和我一起回到小金雀花。我跟喬安娜講述早上的事情時，納許跑去找帕翠姬，然後頗為沮喪地跑回來。

「沒查到什麼。據帕翠姬說，阿妮絲只說她擔心一件事情，不知道怎麼辦，想問問她的意見。」

喬安娜問：「帕翠姬有沒有對別人說起過這件事？」

納許點點頭，神色十分嚴肅。

「有，她告訴了愛默里太太……就是白天來你們家幫傭的女僕。據我看，有些年輕女孩不認為自己能自行解決所有的事，所以很願意接受長輩的建議。阿妮絲也許不是很聰明，但她是有教養的好女孩。」

喬安娜低聲說：「其實帕翠姬很得意，愛默里太太可能把這件事傳遍全鎮了。」

「說得對，包頓小姐。」

「有件事讓我很詫異。」我說，「為什麼我和舍妹也會收到匿名信？我們在這裡是個外人，不可能有人對我們不滿啊。」

「你沒考慮到寫信人的心態。她看誰都不順眼，可以說，只要是人，她都看不順眼。」

「我想，」喬安娜若有所思地說，「丹克索夫人指的就是這個吧。」

納許帶著詢問的目光望著她，但她沒多做解釋。組長說：「包頓小姐，不知你是否仔細看過你們收到的那封信的信封，如果看過的話，也許你會注意到，那信原本是寫給巴頓小姐的，只是『巴』字後來改成『包』了。」

我們若是仔細思索這句話的意思，應該可以得到整件案子的線索。可惜我們誰也沒有意識到其中的重要性。

納許走了，只剩下我和喬安娜。她說：「你覺得那封信是真的要寫給艾蜜莉小姐的嗎？」

「如果是的話，信一開頭就不會寫『你這個濃妝豔抹的妓女』了。」

我指出這點，喬安娜也同意我的看法。接著她建議我去鎮上走走。

「你應該去聽聽別人是怎麼說的，它一定已成為今天早上的熱門話題！」

我建議她一起去，但喬安娜竟然拒絕了。她說她要在花園裡待著。

我在門口停住腳步，壓低聲說：「帕翠姬沒嫌疑吧？」

「帕翠姬！」

喬安娜驚異的語氣令我覺得很慚愧。我抱歉地說：「我只是好奇而已。她這人有點怪，太正經八百了，搞不好是個宗教狂。」

「寫匿名信跟宗教狂扯不上邊……你告訴過我，戈雷夫是這麼說的。」

「那就是色情狂囉。這兩者是密不可分的，帕翠姬又壓抑又矜持，而且和一群老女人一起關了這麼多年。」

「你為什麼覺得她有可能？」

我緩緩說道：「這……我們只聽到她的片面說法而已，不是嗎？誰知道阿妮絲到底對她說了什麼？假如阿妮絲請帕翠姬告訴她為什麼那天去那裡留下一封信……而帕翠姬則回她那天下午會過去解釋。」

「沒錯。」

「然後她卻跑到我們面前，問我們阿妮絲能不能來小金雀花，藉以製造煙幕……」

「可是那天下午帕翠姬沒出門呀。」

「這點我們並不知道。記得嗎，我們自己也出去了。」

「那倒是真的。我覺得有可能。」喬安娜又想了一下。「但我還是不這麼認為。我覺得帕翠姬不會知道要湮滅信上的指紋，那除了狡猾之外，還要有知識才辦得到。我不認為她有那種知識。我想……」喬安娜猶豫片刻後慢慢說道：「警方確信凶手是女人，是嗎？」

我驚呼道：「你不會認為是男人幹的吧？」

「不，不是普通男人而是某種特定的男人。老實說，我想到了卜艾先生。」

「原來你懷疑到他頭上了？」

「你難道不覺得他有可能嗎？也許他是那種寂寞憤世的人，你知道，大家常取笑他。難道你看不出，他心底其實痛恨所有幸福的正常人，而且對自己的作為持有一種變態的藝術性欣賞嗎？」

「戈雷夫說凶手是個中年的老處女。」喬安娜說：「卜艾先生活脫脫是個中年老處女。」

「一個很格格不入的人。」我緩緩說道。

「沒錯。他很富有，但錢幫不了他。而且我覺得他可能心理很不平衡，他真的是個令人害怕的小男人。」

「別忘了，他也收過一封信。」

「那我們可不知道。」喬安娜指出，「我們只是那麼以為而已，況且，很有可能是他裝的。」

「裝給我們看？」

「沒錯。他夠聰明，能想到這一點……而且不會裝過頭。」

「果真如此，他肯定是個一流演員。」

「當然。傑瑞，不管凶手是誰，她必然是個一流的演員，而她的樂趣有一部分也源自於這點。」

「喬安娜，天哪，你別說得一副了然於胸的樣子！你讓我覺得你……覺得你很了解那種心態。」

「我想我可以了解。我可以……可以體會她的心境。如果我不是喬安娜．包頓，如果我不年輕，不具魅力，無法享受快樂，如果我……該怎麼說呢？坐在牢籠中，看著別人享受人生，那我內心是否也會浮出一股邪念，讓我想去傷害、去折磨……甚至想去毀滅別人呢？」

「喬安娜！」

我抓住她肩膀搖著她，她輕嘆一聲，朝我一笑。

「我把你嚇著了，對吧，傑瑞？但我覺得這才是解決問題的方法。你得去扮演那個人，了解他們的感受與動機，然後……然後也許你就能知道他們下一步的行動了。」

「噢，混蛋！」我說，「我到這裡是為了當個廢物好好靜養，聽聽地方上的八卦！去他的八卦！全是些誹謗、中傷、淫言穢語和謀殺！」

§

喬安娜說得很對，鬧街上滿是議論紛紛的人群。我決心依次打探每個人的反應。

我先遇到了葛菲詩，他看起來憔悴、疲憊已極，我不免感到好奇。謀殺對醫生而言雖非司空見慣，但是他的職業應該已經訓練他在面對苦痛、人性的醜惡及死亡時，較能抱持平常心吧。

「你看起來很沒精神。」我說。

「是嗎？」他含糊地說，「噢，我在煩心最近的一些病例。」

「包括仍然逍遙法外的那個瘋子嗎？」

「那個啊，當然。」

他的目光離開我朝對街望去。我看見他眼瞼微微抽搐了一下。

「有沒有懷疑是誰幹的？」

「沒有，沒有，我向上帝祈禱自己能夠推測得出。」

他突然問起喬安娜，並猶豫地說，他那裡有一些她會想看的照片。

我表示可以幫她把照片拿回去。

「噢，沒關係。實際上，等一下我會去你們那邊。」

我開始擔心葛菲詩已經陷進去了。該死的喬安娜！葛菲詩那麼好的男人，不該被她當戰利品玩賞。

我讓他走了，因為我看見他妹妹正往這邊走來。這回我倒是真心想跟她談談。

艾美．葛菲詩開口便是天外飛來一句。

「真沒想到啊！」她沉聲說，「聽說你一早就去命案現場了……而且是一大早？」

她話中帶話，強調「一大早」時，眼裡還閃著精光。我不想告訴她是梅根打電話找我的，於是我說：「我昨晚沒睡好，那女孩本來要到我家喝茶的，卻沒露面。」

「所以你怕她遭到不測？你真聰明！」

我說：「是啊，我鼻子靈得跟警犬一樣。」

「這是我們嶺石塔的第一件謀殺案。現在已經是群情激昂，希望警方能處理好。」

「這我倒不擔心，」我說，「他們那些人辦事效率很高。」

「我連那女孩長什麼樣子都記不清了，儘管她曾幫我開過幾十次門。她是個安靜、不怎麼引人注意的小東西。被擊中頭部，然後刺穿後頸哪，歐文是這麼告訴我的。我看哪，八成是她男朋友幹的，你覺得呢？」

「你這樣認為嗎？」

「他似乎最有可能。一定是吵架了。這邊的人很多是近親通婚……所以很多人的遺傳基因很差。」她停頓片刻後說，「我聽說是梅根．韓特發現屍體的？她一定嚇壞了吧。」

我簡略地說：「是的。」

「這對她不太好。我覺得梅根本來就不堅強……這種事很可能會讓她精神錯亂。」

我突然靈光一閃，決心非探點消息不可。

「告訴我，葛菲詩小姐，昨天說服梅根回家的人是你嗎？」

「這個嘛，不能完全算是。」

我咬住這點不放。

「但你的確對她說了什麼吧？」

艾美．葛菲詩四平八穩地站在那裡盯著我，有點為自己辯護說：「年輕女孩逃避自己的責任是不可以的。她年紀輕，不知道別人會怎麼嚼舌根，因此我覺得有責任提醒她一下。」

「嚼舌根？」我打住話，氣到講不下去。

艾美．葛菲詩繼續說著，仍帶著她那種令人氣結的自滿與自信。

「噢，你一定沒聽到傳言吧。我聽到了！我知道人們在說什麼。我先聲明喲，我從不認為那些話有任何意義，從來不認為。但你也知道，人嘛，有機會說點難聽的話，就絕不會和你客氣。梅根若想找份工作謀生，話傳開來對她會很不好。」

我困惑地問：「找工作謀生？」

艾美接著說：「她的處境自然很為難了，我覺得她做得對。我的意思是，她不能這麼一走了之，丟下孩子沒人照顧吧。她一直做得很好，簡直沒話講，我對每個人都是這麼說的，可是她的處境就是容易招人非議，人們一定會說閒話。」

我問：「你到底在說誰呀？」

艾美．葛菲詩不耐煩地說：「當然是愛瑟．霍蘭了。依我看，她的確是個好女孩，而且只是在盡她的職責而已。」

「大家都怎麼說？」

艾美．葛菲詩大笑，笑得令人很不舒服。

「他們在說，她已經在考慮當第二任西蒙頓夫人了……說她正使出渾身解數安慰那位鰥夫，讓他不能沒有她。」

「可是，我的天啊，」我震驚地說：「西蒙頓夫人才剛死了一個星期呀。」

艾美．葛菲詩聳聳肩。

「是啊，是很荒唐！但你也知道，人嘛。霍蘭又年輕又漂亮，這就很夠了。而且別忘了，沒有女人想一輩子當人家的家教，如果她想要有個穩定的家和丈夫，而且也採取行動的話，我可不會怪她。

「當然了，」她沒停頓。「可憐的西蒙頓對此是一無所知啦。西蒙頓夫人的死讓他崩潰了，還未恢復過來。但你也知道男人是怎麼回事，如果那女孩總是陪在身邊安撫他、服侍他，悉心照顧孩子，那麼，他最後一定會依賴她。」

我靜靜地表示：「這麼說，你認為愛瑟．霍蘭是個有心機的賤婦了？」

艾美．葛菲詩臉紅了。

「才不是。我是在為那女孩難過……因為別人淨在說她壞話。這就是為什麼我點醒梅根，叫她回家。這總比讓西蒙頓跟那女人在屋子裡獨處好吧？」

我開始明白事情的前因後果了。

艾美．葛菲詩快活地大笑。

「包頓先生，聽到我們這小鎮的蜚短流長，你一定很震驚吧，我可以告訴你，這裡的人總是往最壞的地方想。」

她笑著點點頭，隨即大步走開了。

§

我在教堂附近碰到了卜艾先生。他正和艾蜜莉．巴頓說話，她紅著臉，看起來很激動。

卜艾先生滿心歡喜地跟我打招呼。

「啊，包頓，早啊，早！你那位迷人的妹妹還好嗎？」

我告訴他喬安娜很好。

「怎麼沒來參加我們的村會議？大家對這消息都感到很震驚。謀殺！我們這種地方竟會有社會版中的謀殺案！這可一點都不好玩哪，太惡劣了，竟然忍心殺害一位幫傭的小女僕。這雖然不算是歷史頭一遭，但畢竟是條新聞。」

巴頓小姐顫巍巍地說：「太嚇人……真的是太嚇人了。」

卜艾先生轉向她。

「但你很喜歡，親愛的女士，你很喜歡，承認吧。你雖然難過、表示指責，但又覺得很刺激。是不是，你覺得很刺激。」

「那樣好的一個女孩。」艾蜜莉．巴頓說道，「她從孤兒院出來後就到我家。初來時什麼都不會，但很肯學，後來變得滿伶俐的，帕翠姬對她很滿意。」

我很快表示：「她本來昨天下午要來跟帕翠姬喝茶的。」我轉向卜艾先生。「艾美．葛菲詩應該跟你說過了吧。」

我的語氣一派輕鬆，卜艾先生毫無戒心地答說：「是的，她的確提起過，我記得她說，僕人用主人家的電話倒是很少見。」

艾蜜莉小姐說：「帕翠姬絕不敢那樣造次，我真訝異阿妮絲竟會那樣做。」

卜艾先生說：「親愛的女士，你太落伍了。我家那兩個討厭鬼就經常用電話，而且到處亂抽菸，直到我抗議才罷手。普考特雖然喜怒無常，卻做得一手好菜。他老婆整理家務的本領也沒話說。」

「是的，確實是那樣。我們都認為你很幸運。」

我不想讓談話變成純粹的家務閒聊，便插話說：「謀殺的消息傳得可真快啊。」

卜艾先生說：「當然，那當然。賣肉的、烤麵包的、做燭台的，大家一起來嚼舌根，發揮加油添醋的本領。嶺石塔就要墮落了，匿名信、謀殺，各種的犯罪行為，一樣都不缺。」

艾蜜莉．巴頓緊張地說：「他們不會認為……認為那兩件事有牽連吧。」

卜艾先生立刻發表看法。

「這想法很有意思。那女孩可能知道內情，因此被謀害了。是的，是的，很有可能。你真聰明，會想到這點。」

「我……我受不了了。」

艾蜜莉．巴頓突然說，然後轉身快步走開。

卜艾望著她的背影，圓臉奇怪地皺成一團。

他轉向我，輕輕搖頭。

「你不覺得她很敏感可愛嗎？是老一代的人了。她其實不屬於她的年代，而是屬於她的上個年代。她母親的個性一定很強悍，讓整個家庭的時光停滯在一八七〇年代，全家人都被保存在一個玻璃盒裡。我倒很想見識見識那種氛圍。」

我可不想談什麼歷史年代的問題。

「你對這一切真正的看法是什麼？」我問。

「你指的是……」

「匿名信，謀殺……」

「我們這裡的犯罪潮啊？那你又有什麼看法？」

我笑著說：「是我先問的。」

卜艾先生柔聲表示：「我很喜歡研究不正常人格，這我很有興趣。那些表面看起來最不可疑的人，往往會做出令人料想不到的事。就拿麗奇．鮑頓的案子來說吧，真的找不出合理的解釋。而在本案裡，我會奉勸警方去研究人性。別用指紋、筆跡、顯微鏡那套東西，而要留意人們不經意的動作、吃東西的方式，是否有時會莫名其妙地大笑出聲等等。」

我揚起眉毛。

「你是指瘋狂的行為嗎？」我說。

「是的，十分瘋狂的行為。」卜艾先生又加了一句說：「可是你永遠不會知道。」

「究竟是誰？」

他與我的目光相對，微微一笑。

「不，不行，包頓先生，我說了等於是在造謠中傷。都已經亂成這樣了，我們就別再生事了。」

他朝街上躍去。

§

正當我站在那兒注視卜艾先生遠去時，教堂的門開了，丹克索牧師走了出來。

他對我似笑非笑了一下。

「好……早啊，包……包……」

我點醒他說：「包頓。」

「是，是，你可別以為我不記得你，剛才我只是一下想不起你的名字。今天天氣真好。」

「是啊。」我簡短地說。

他瞇起眼看著我。

「那個……那個什麼來著，噢，對了，那個在西蒙頓家幫傭的可憐孩子。坦白講，我實在無法相信，我們這裡竟然有個殺人犯，包……包頓先生。」

「確實讓人料想不到。」我說。

「我剛聽到點別的事。」他向我靠過來，「聽說一直有匿名信在流傳。你聽過這樣的謠傳嗎？」

「聽說過。」我表示。

「欺善怕惡的懦夫！」他停頓片刻，然後引用一大串拉丁語。「你不覺得賀洛斯[5]那些話很適用嗎？」

「絕對適用。」我說。

§

看來已經沒有打探消息的對象了，於是我折回家，順路走進小酒館抽根菸，喝瓶雪利

5　賀洛斯（Horace, 65BC-8BC），古羅馬詩人及諷刺文學家。

酒，以便聽聽下層階級對本案的看法。

「是個歹毒的流浪漢幹的。」有人下結論說。

「他們會到你門口可憐兮兮地討錢，如果看見屋子裡只有一名女孩，他們就原形畢露了。我妹妹朵拉有一天在去康碧克的途中，就遇到危險……對方是個醉鬼，在賣那種小詩集……」

故事繼續講著，最後那個勇敢的朵拉拿門撞在那男人的臉上，然後拔腿逃跑，將自己藏在僻靜處……好像是廁所吧。「她在在那兒一直待到女主人回家為止。」

我回到小金雀花時，差幾分鐘就要吃午飯了。喬安娜站在客廳窗前，什麼也沒做，心思似乎飄得很遠。

「你在幹什麼？」我問。

「噢，不知道。沒幹什麼。」

我走到陽台上。鐵桌邊已拉來兩張座椅，桌上擺了兩只空的雪利酒杯。另一張椅子上有件東西，我困惑地看了一會兒。

「這是什麼？」

「噢，」喬安娜說，「我想是張脾臟發生病變還是什麼的照片。葛菲詩醫生似乎覺得我會有興趣看。」

我好奇地看著那張照片。每個男人都有他追求女人的獨特方式，但我絕不會用脾臟照片之類的來求歡，不管那脾臟有病沒病。不過，這當然是喬安娜自找的。

「看起來滿噁心的。」我說。

喬安娜表示同意。

「葛菲詩還好吧？」我問。

「他看起來又疲倦又不快樂，我覺得他有心事。」

「是因為治不好這顆脾臟嗎？」

「別鬧了，我是說真的。」

「我看哪，你就是他的心事。我希望你放過他，喬安娜。」

「閉嘴啦，我什麼也沒做！」

喬安娜生氣了，快步走出房間。

那張發病的脾臟照片在陽光下開始捲起，我拎著照片一角，把它帶回客廳。我自己對這照片毫無感覺，但我想它應該是葛菲詩的寶貝。

我彎腰從書架最底層抽出一本厚書，打算用書頁把照片壓平。這是本牧師布道的大部頭書籍。

不料書在我手中一下子便攤開了，一會兒後，我才明白書怎麼會打開的，因為書中有若干紙頁被整齊地剪掉了。

§

我站在原地望著書，然後看看標題頁，是一八四〇年出版的。

這下無庸置疑了。這本書的紙頁，正是那個寫匿名信的人拿來拼貼信件的材料。是誰把它們剪掉的？

首先可能是艾蜜莉．巴頓本人。她是最容易被聯想到的，或者也有可能是帕翠姬。但仍有其他可能。這些書頁可以是任何在這間屋子獨處過的人剪掉的，比如說，坐在那兒等艾蜜莉小姐的訪客，甚至是因公來訪的人。

不，可能性不高。我留意過，某天有位銀行職員來找我，帕翠姬把他領進了屋後的小書房。顯然那是小金雀花的習慣。

那麼，是一名訪客囉？某個有良好社會地位的訪客。是卜艾先生？艾美．葛菲詩？還是丹克索夫人？

§

用飯鈴響了，我進去吃午飯。隨後在客廳裡把發現到的書拿給喬安娜看。

我們從各角度進行討論，然後我把書拿到警察局。

他們對我們找到這本書簡直是大喜過望，眾人還紛紛來拍撫我的背，但畢竟這只是巧合罷了。

戈雷夫出去了，但納許還在，他打了電話給戈雷夫。他們要對書本做指紋檢查，只是納許並不抱期望。後來他也確實沒發現到什麼，上頭除了我和帕翠姬的指紋外，完全沒有其他人的指紋，這表示帕翠姬確實很盡職地在擦拭書上的灰塵。

納許陪我一塊爬坡回家。我問他進展如何，他說：「包頓先生，我們在縮小嫌犯的範圍，已經排除掉一些不可能的人了。」

「噢，那還剩下誰？」我問。

「金琪小姐。她昨天下午約了客戶在一所房子見面。那房子是在離康碧克路不遠的地方，而康碧克路剛好經過西蒙頓家。她來去都得經過西蒙頓家……上週匿名信寄達及西蒙頓夫人自殺那天，是她在西蒙頓辦公室的最後一天。西蒙頓先生剛開始以為金琪小姐那天下午根本沒離開過辦公室，他整個下午都和亨利．拉星頓在一起，他給金琪小姐打了好幾次電話。然而我發現，金琪小姐在三點至四點之間確實離開過。她出去買一些高額郵票。本來辦公室的雜工可以去買，但金琪小姐堅持要自己去，說她頭痛，想呼吸點新鮮空氣。但她並未離開很久。」

「但夠久了？」

「是的，夠她趕快跑到小路另一頭，把信塞進信箱，再趕回來。不過我必須說，我們找不到看見她在西蒙頓家附近的目擊證人。」

「他們會留意嗎？」

「可能會，也可能不會。」

「閣下的祕密嫌犯還有誰？」

納許直視前方。

「你知道我們誰也不能排除，誰也不能。」

「是的，我明白。」我表示。

他嚴肅地說：「葛菲詩小姐昨天去布蘭頓參加女童軍聚會，她抵達的時間相當晚。」

「你該不會以為……」

「不，我不那麼想。但我也無法確定，眾所皆知，葛菲詩小姐是個正常健康的女人……但我還是要說，我無法確定。」

「那上一週呢？她有可能把信塞進信箱嗎？」

「有可能。那天下午她在鎮上買東西。」他停頓了片刻。「艾蜜莉．巴頓小姐也一樣有嫌疑。昨天下午稍早的時候，她也外出買東西了。上一週，她散步去看一些朋友，也路過西蒙頓家。」

我不敢相信地搖搖頭。我知道，書是在小金雀花找到的，警方一定會把注意力轉向屋主，當我想到昨天艾蜜莉小姐那愉快興奮的模樣……

去他的！興奮……是的，興奮。紅潤的雙頰，閃亮的眼睛……那應該不是因為，不是因為……

我粗聲說：「這件事實在太不健康了！會讓人疑神疑鬼、無中生有……」

「是的，把自己遇到的人看成可能的瘋狂殺手，的確不太健康。」他停頓片刻，又繼續說：「還有卜艾先生……」

我尖聲說：「這麼說你們也考慮過他了？」

納許一笑。

「噢，是的，我們的確考慮過他……很怪的一個人，應該說不怎麼好相處吧。他沒有不在場證明，這兩個時段中，他都一個人待在花園裡。」

「所以你們不僅是懷疑女人了？」

「我不認為信是男人寫的，實際上我很肯定不是，戈雷夫也一樣，但我們一直沒把卜艾先生排除在外，因為，他的個性相當女性化。不過，我們調查過每個人昨天下午的行蹤，因為這是謀殺案哪。你是沒問題啦。」他咧嘴笑道，「令妹也一樣。西蒙頓先生到辦公室後就沒離開過。葛菲詩醫生去另一個地方探視病人，這我已和他的病患查證過了。」他停下來，又微微一笑說：「好啦，講完了。」

我緩緩說道：「這麼說，本案就剩下這四名嫌犯了……金琪小姐、卜艾先生、葛菲詩小姐和巴頓小姐？」

「哦，不，不是的，我們還有幾位……包括牧師娘在內。」
「你們也考慮過她？」
「我們把所有人都考慮進去，但丹克索夫人的瘋狂也太開放了，不知道你懂不懂我的意思。但她還是有嫌疑。昨天下午，她在林中觀鳥……可惜鳥隻無法替她作證。」
當歐文．葛菲詩走進警察局時，納許輕快地轉過身。
「你好，納許。聽說今天早上你去找過我。有事嗎？」
「如果你方便的話，葛菲詩醫生，我們星期五做驗屍審訊。」
「好啊。毛斯比和我今晚會做死亡鑑定。」
納許說：「葛菲詩醫生，還有一件事。西蒙頓夫人生前正在服用你開的藥包，好像是藥粉或是別的……」
他停下來。歐文．葛菲詩不安地問道：「怎麼了？」
「那種藥服用過量會致命嗎？」
葛菲詩不動聲色地說：「當然不會。除非她一次服用二十五包。」
「但你有一次警告過她別服過量，霍蘭小姐這麼跟我說的。」
「噢，那個啊，是有這麼回事。西蒙頓夫人那種人會超量服用任何藥物……她以為吃兩倍藥量，會對她有雙倍好處。做醫生的人，就算是解熱劑或阿斯匹靈都不願任何人多吃，因為對心臟不好。反正她的死因很明確，是氰化物致死的。」

「哦，那點我知道。不過你沒聽懂我的話，我只是想，人若要自殺，應該會選擇服用大量安眠藥，而不是吞食氫氰酸吧。」

「的確是這樣。但從另一個角度看，氫氰酸更強，而且一定能致死。比如吞食巴比妥，若服藥時間不夠長，很容易就可以搶救回來。」

「我明白了。謝謝你，葛菲詩醫生。」

葛菲詩走後，我也告別了納許，慢慢走上山回家。喬安娜不在，至少不見她的蹤影。電話板上潦草地貼了張神祕的便條，大概是給我和帕翠姬的。

如果葛菲詩打電話來，就說我無法於週五去，但週三或週四可以。

我揚起眉頭，進了客廳。在一張最舒適的靠背椅上坐下來（其實小金雀花沒有一張椅子是舒服的，靠背都太直，難免讓人想起作古的巴頓老太太），伸開雙腿，盡力想釐清這整件事。

想到歐文的出現打斷了我和組長的談話，我突然惱火起來，組長剛提到另外兩個可能的嫌犯。

我很想知道是誰。

也許帕翠姬是其中一個吧？畢竟，剪頁的書是在小金雀花找到的，阿妮絲可能是突然被她這位顧問兼老師擊倒的。不，不能排除帕翠姬。

但另一個是誰呢？

也許是個我不認識的人？柯里特太太？本地人最先懷疑的對象？

我閉上眼，在腦中輪番將那四人想過一遍，他們實在很不可能，但也說不定。溫和、柔弱的艾蜜莉．巴頓？有什麼理由懷疑她呢？缺少感情生活？從童年起就受人支配，飽受壓抑？犧牲太多？她一談到「不雅」的事物，就會驚恐莫名？該不會她骨子裡其實很執迷於這些事吧？我會不會太佛洛伊德了？記得有一回，一位醫生告訴我，有些年輕溫柔的女孩在麻醉快失去知覺時吐露的話：「你絕料不到她們會知道那些字眼！」

艾美．葛菲詩？

她那個人絕對沒受過任何壓抑，她快樂、爽朗、成功，過著充實忙碌的生活。不過，丹克索夫人曾說過她是「可憐的人」！

還有一件事……什麼事呢？以前聽到的事……哦，想起來了。歐文．葛菲詩好像說過：「我在北部行醫時，那兒也發生過一起匿名信事件。」

那件事是不是也是艾美幹的？真的是滿巧的，同樣的事竟然發生兩次。

等等，那次他們抓到寫信的人了。葛菲詩說過，是個女學生。

天氣突然變冷了，風一定是從窗戶灌進來的。我不甚舒服地在椅子裡扭動身體，為什麼我會突然覺得這麼奇怪而難受？

我繼續思索……艾美．葛菲詩？也許是艾美．葛菲詩，而不是另外那個女孩？艾美搬來後又故技重施，所以歐文才會那麼鬱悶不樂，像被夢魘附身一樣。他起疑心了，是的，他起疑了。

卜艾先生？他這人實在不怎麼樣，我可以想像他策畫時得意大笑的模樣……

大廳電話板上的留言……為什麼我一直想著它？

歐文和喬安娜……他愛上喬安娜了……不，我憂心的不是這個，而是別的……

我的意識開始模糊起來，昏昏欲睡。我呆呆地一再對自己重複說：「無火不起煙，無火不起煙……就是這句話……這樣一切就都串聯起來了……」

接著我跟梅根在街上走著，愛瑟．霍蘭從身邊經過，她身穿新娘禮服，人們都在小聲說：「她終於要嫁給葛菲詩醫生了。他們祕密訂婚已有多年……」

我們來到教堂，丹克索正用拉丁語宣讀結婚誓詞。

這時丹克索夫人跳起來大聲喊道：「各位聽我說，我們得阻止這件事，這件事得制止！」

有一會兒時間，我不知自己到底是醒是夢。後來我慢慢清醒了，意識到自己正在小金雀花的客廳裡。丹克索夫人正好從落地窗走進來，她站在我面前緊張地大聲說：「我告訴你，這件事得制止。」

我跳起來說道：「請再說一遍，我剛睡著了。你說什麼？」

丹克索夫人一拳狠狠地擊在另一個掌心中。

「這件事得制止。這些信！謀殺！不能讓阿妮絲．沃德爾這樣可憐無辜的孩子再被殺害了！」

我說：「你說得很對。但你有什麼建議或辦法嗎？」

丹克索夫人說：「我們得採取行動。」

我笑一笑，表情大概有些倨傲吧。

「那麼你建議我們該怎麼做呢？」

「查清所有線索，找出真相！我曾說過，嶺石塔不是邪惡之地，但我錯了。它是。」

我心裡覺得很煩，便老大不客氣地說：「是啊，可愛的女士，但是你到底打算怎麼做？」

「當然是制止一切。」丹克索夫人說。

「警方正在盡最大努力。」

「阿妮絲昨天遭到殺害了，可見他們的最大努力還是不夠。」

「那你知道有更好的辦法嗎？」

「不知道，我什麼也不知道。這就是為什麼我要去請專家。」

我搖搖頭。

「你不能那麼做。只有在郡警政署長要求時，蘇格蘭警場才會接管。實際上，他們已經派戈雷夫來了。」

「我指的不是那類專家，不是那種了解匿名信甚至謀殺案的人。我指的是了解人性的那種專才。你明白嗎？我們需要的是熟知邪惡人性的專家呀。」

這是個奇怪的觀點。但從某種角度來看，卻令人振奮。

我還沒來得及再說什麼，丹克索夫人已朝我點點頭，用快速而自信的口吻說：「我馬上就去辦這件事。」

她又從落地窗走出去了。

／10

我想，接下來的一週，是我這輩子所度過最怪異的時期……如夢似幻，沒有一件事情是真的。

阿妮絲．沃德爾的驗屍審訊如期進行，嶺石塔各色好奇人士全部到場了。沒有新的發現，提出的唯一結論是：「由不明的個人或數人所謀殺。」

成為眾人關注的焦點一小時後，可憐的小阿妮絲．沃德爾便被埋在安靜的老教堂墓地。小鎮的生活又恢復如昔。

不，最後這句話不太確實，因為小鎮已大不如往昔……

幾乎每個人的眼光都是喜憂羼雜，鄰人也彼此相忌。在審訊中，最明顯的一件事就是，阿妮絲幾乎不可能是被陌生人所殺害的。沒有人看到或表示本地出現過流浪漢或陌生人。也就是說，某個在嶺石塔鬧街閒逛購物、與人寒暄的人，就是襲向手無寸鐵的阿妮絲、並把烤肉叉刺進她頭顱裡的凶手。

沒人知道凶手是誰。

我說過了，這幾天過得有如作夢般恍惚。我以一種新的眼光注視著遇到的每個人，懷疑他們是不是凶手。這種感覺真令人不快。

到了晚上，窗簾一拉，我和喬安娜便坐下，把各種說得通與說不通的可能性，不斷地進行討論爭辯。

喬安娜堅持是卜艾先生所為；我原本有些動搖，但後來還是回歸最初的想法，懷疑是金琪小姐幹的。不過我們還是把可能的嫌犯一遍又一遍地對照過。

卜艾先生？

金琪小姐？

丹克索夫人？

艾美．葛菲詩小姐？

艾蜜莉．巴頓？

帕翠姬？

而且我們始終都在緊張與不安中等待著什麼發生。

然而什麼也沒發生。就我們所知，再沒人收到信了。納許定期地在鎮上出現，但他在幹什麼、警方設了什麼圈套，我則一概不知。而且戈雷夫也回倫敦去了。

艾蜜莉・巴頓來喝茶；梅根來吃中飯；歐文・葛菲詩出外巡診；我們去卜艾先生家喝雪利酒；再去牧師家喝茶。

我很高興地發現，丹克索夫人不像上次碰面時那麼囟悍。她大概早已忘記上次的事了。現在她最關心的似乎是如何消滅白蝴蝶以保全菜花和捲心菜。

在牧師家的那個下午，真的是我們所度過最平靜的一段時光。那是一棟古老迷人的房子，客廳雖然簡樸，卻十分寬敞舒適，家具和窗簾用了褪色的玫瑰印花布。丹克索夫婦有一位住在家裡的客人，是位慈祥的老太太，她不停地打著白毛線。我們吃著可口的熱鬆餅配茶，牧師走進來，溫和地笑著，並旁徵博引地跟我們談著，氣氛非常愉快。

別誤會我，我們並沒有避開謀殺的話題，我們真的談到了。

客人瑪波小姐自然好奇心大起，她表示歉意地說：「鄉下地方能談的東西實在太少了。」老太太還認為，死去的阿妮絲和她們家的伊迪絲一定很像。

「很好的一個小女僕，什麼事都願意做，只是有時反應有點慢。」

瑪波小姐有個侄女，侄女的嫂嫂同樣曾因一些匿名信而惹得一身腥，因此這位迷人的老太太對匿名信也很感興趣。

「不過你得告訴我，親愛的，」她對丹克索夫人說，「村裡的人……我的意思是鎮上的人，都怎麼說？他們怎麼看？」

喬安娜說：「我猜還是認為是柯里特太太幹的吧。」

「不，現在大家不這麼想了。」丹克索夫人表示。

瑪波小姐問柯里特太太是誰。

喬安娜說是村裡的女巫。

「對吧，丹克索夫人？」

牧師輕輕吟誦了一長段和女巫與邪惡力量有關的拉丁名言，眾人雖聽不懂，卻也都崇拜無比地默默聽著。

「她是個蠢女人，」牧師娘說道，「喜歡炫耀。老愛在大中午出去採藥，而且一定要弄到人盡皆知。」

「我猜還是有些傻女孩跑去找她問東問西吧？」瑪波小姐說。

看到牧師又準備搬出拉丁文時，我趕緊問道：「可是為什麼現在大家不再懷疑她了呢？大家原本都認為信是她寫的啊。」

瑪波小姐說：「噢，但我聽說那女孩是被烤肉叉刺殺的（真是太可怕了），這樣一來，大家自然就不會再去懷疑柯里特太太了。因為你知道，她大可以用詛咒的嘛，讓那女孩漸漸消瘦、自然死亡不就好了。」

「真奇怪，大家怎麼還是會有這些落伍的想法。」牧師說，「在基督教早期，民間的迷信觀念早已和基督教教義融合在一起，迷信中的可怕之處，也已慢慢跟著消失。」

「本案要對付的不是迷信，」丹克索夫人說，「而是事實。」

「而且是很駭人的事實。」我說。

「正如你所說的，包頓先生，」瑪波小姐說，「很抱歉我這麼涉入你的隱私……你在本地算是陌生人，又見過世面，熟知各色人等。依我看，你應該能找到解決問題的辦法。」

我笑了笑。

「目前我最好的解決辦法就是作夢。在夢裡，一切都合情合理，結局也很完美。可惜我一醒來，整個夢境就化為烏有了。」

「真有意思，能不能告訴我們，你那『烏有』中都有些什麼啊？」

「噢，夢一開始總是出現那句蠢話：『無火不起煙』，鎮裡的人，老愛重複這句話。接著，我就把它與戰爭術語混起來了，煙幕，紙片，電話留言……不，那是另外一場夢。」

「那場夢又是什麼？」

老太太那麼急於知道，害我覺得她一定讀過拿破崙的《夢之書》，我們家老奶媽最愛這本書了。

「哦！只是夢見愛瑟·霍蘭——她是西蒙頓家的家教——要嫁給葛菲詩醫生，牧師在用拉丁語讀婚姻誓詞……」（「那倒很合理，親愛的。」丹克索夫人輕聲對丈夫說。）「就在這時，丹克索夫人站起來了，大聲宣布婚姻無效，說大家得制止這件事！」

「可是這一段哪，」我笑著說，「不是夢。因為我醒來的時候，發現牧師夫人就站在我身邊，而且正說著這句話呢。」

「而且我說得沒錯。」丹克索夫人表示。

我很高興地發現，這次她的語氣很柔和。

「可是怎麼會跑出什麼電話留言？」瑪波小姐皺著眉問。

「我沒說清楚，那不是夢裡的內容，是在作夢之前的事。我經過大廳時，看到喬安娜寫了留言，交代我們告訴打電話來的人……」

瑪波小姐前傾著身子，雙頰露出一抹嫣紅。

「如果我問你那個留言究竟寫了什麼，你會覺得我太多管閒事、太無禮嗎？」她瞄了一下喬安娜。「親愛的，我真的抱歉。」

然而，喬安娜卻非常高興。

她安慰老太太說：「噢，我不會介意。我自己全忘了，不過也許傑瑞還記得。那一定是件很小的事。」

我認真地重述那個留言。老太太專注的神情令我覺得想笑。

我本以為那些話會令她失望，不過多愁善感的老太太大概覺察出一點意思吧，只見她微微一笑，似乎很滿意。

「我明白了。」她說，「我原本也想，可能會是像那樣的東西。」

丹克索夫人立即問道：「像哪樣東西？」

「就是很普通的留言啊。」瑪波小姐說。

她若有所思地看了我一會兒，隨即突然說道：「我看得出你是個非常聰明的年輕人，但你對自己不夠有信心，你應該要有才對！」

喬安娜大聲抗議道：「看在老天的份上，你可別再長他的氣焰了。他已經夠自大了。」

「安靜，喬安娜，」我說，「瑪波小姐很了解我。」

瑪波小姐又繼續去織她的毛線。

「你知道嗎，」她沉思道，「想成功地謀殺一個人，就像在變魔術一樣。」

「你是說，要能夠騙過別人的眼睛嗎？」

「不僅如此，你還得讓人們在不該在的地方，看到不該看的東西……他們好像稱之為『誤導』吧。」

「這麼說來，迄今為止，我們每個人都找錯方向，只拚命想抓住某個瘋子。」我表示。

瑪波小姐說道：「我本人認為，要找的應該是個非常正常的人。」

我若有所思地說：「是的，納許就是這麼說的。記得他強調過，凶手的社會地位很高。」

瑪波小姐表示同意。

「是的，這點很重要。」

大家似乎都表示同意。

我對丹克索夫人說：「納許認為還會有匿名信。你認為呢？」

「有可能。」她緩緩說。

瑪波小姐表示：「如果警方那樣想，就應該會有。」
我繼續追問丹克索夫人。
「你還為寫信的人感到難過嗎？」
她臉一紅。
「會啊。」
「這點我倒無法苟同，親愛的。」瑪波小姐說，「至少我無法同情本案的凶手。」
我激動地說：「那些信已經逼得一名婦女自殺，而且造成大家的痛苦與不安了。」
「包頓小姐，你收過信嗎？」瑪波小姐問喬安娜說。
喬安娜咯咯一笑。
「哦，收過，裡面淨寫些討厭的事。」
瑪波小姐說：「年輕漂亮的人比較容易成為被人攻擊的目標吧。」
「因此我覺得愛瑟．霍蘭竟沒收過信，是件很奇怪的事。」我說。
「讓我想想……」瑪波小姐說，「她是西蒙頓家的家教……就是你夢到的那位小姐嗎，包頓先生？」
「是的。」
喬安娜說：「很有可能她收過信，卻不願承認。」
「不會的。」我說，「我相信她說的是真話，納許也是。」

「天啊，」瑪波小姐說，「這倒很有意思，這是我聽過最有意思的事。」

§

返家的路上，喬安娜說，我不該把納許說還會有匿名信的事講出來。

「為什麼不可以？」

「因為那人有可能是丹克索夫人。」

「你不會真的這樣想吧？」

「我不確定。她是個奇怪的女人。」

我們又開始對可能的懷疑對象進行討論。兩天後，我開車從伊克漢普敦回來。我在那裡吃完晚飯後趕路回家，還沒到嶺石塔天就黑了。

車燈出了點問題。我放慢速度，試了試車燈開關，還是不行。最後我下車設法調撥半天，終於把燈修好了。

路上幾乎空無一人。天黑後，嶺石塔就沒人出來了。在我正前方映入眼簾的是幾所房子，其中之一是女子學院那座醜陋的尖頂建築。在疏落的星光掩映下，頗令人想一探究竟。我不知道自己是否瞥見一個身影飛快穿過大門……那身影如此模糊，令人過眼即忘，但我突然對這地方產生一股無法抑制的好奇。

我推開微敞的大門走進去。經過一條小徑，走上四級台階，來到這棟建築的前門。我站在那兒猶豫了片刻。我到底在這裡幹嘛？不知道。就在此時，近處傳來一陣窸窣聲，像是女人的衣服在摩擦。我急急繞過建築一角，來到聲音傳出的所在，卻什麼人也沒見著。我朝前走，又轉了個彎，來到建築背面，忽然看見近在兩呎的距離有扇窗戶，窗戶是開著的。

我攀上去，豎耳傾聽，卻聽不見任何動靜，但我就是覺得裡面有人。

我的背還沒完全復元，做不來困難的動作，不過我還是直起上身，越過窗台，可惜在落地時發出重重的聲響。

我貼緊窗邊聆聽。然後伸出雙手，向前摸索。這時我聽到右前方有一絲幾乎難以辨聞的聲音。我掏出口袋裡的手電筒扭開。

立刻有個低沉的聲音喝道：「關掉。」

我馬上照辦，因為在那一瞬間，我聽出是納許組長的聲音。

他拉起我的手臂，將我推過一道門，來到走廊上。由於這裡沒有窗戶，外邊的人看不到，組長扭開燈，頗為氣苦地說：「包頓先生，你非得這時候闖進來不可嗎？」

我拚命道歉。

「對不起，我只是覺得好像可以發現什麼。」

「是很有可能，你看見什麼人了嗎？」

我猶豫地說：「我不敢確信。我隱約覺得有人從前門溜進去，但我真的沒看見任何人。然後我聽到這棟樓一側有窸窸窣窣的響聲。」

納許點點頭。

「對。有人在你之前拐到了這棟樓的一側。他們在窗邊猶豫了片刻，然後很快地就進去了……我猜是因為聽見了你的腳步聲。」

我再度致歉。

「閣下有何高見？」我問。

納許說：「我認為寫匿名信的人會忍不住手癢，她雖然知道危險，但還是非做不可。這就跟對酒或毒品上了癮一樣。」

我點點頭。

「包頓先生，我覺得無論此人是誰，都會盡量讓那些信看來一致。她手上已經有從書上剪下的紙頁，所以可以繼續用其餘的字拼貼信件。但信封就麻煩了，她得用同一台打字機打信封，不能冒險用另一台機器或用手寫。」

「你真的認為她會繼續這場遊戲嗎？」我不相信地問。

「是的，而且我敢和你打賭，她充滿自信。這些人都自負得不得了！所以我覺得，不管她是誰，都會為了用打字機，而在天黑後來到學院。」

「是金琪小姐嗎？」我說。

「有可能。」

「你還不知道？」

「是的。」

「但你懷疑她？」

「是的，包頓先生。凶手非常狡猾，全套的把戲她每招都會。」

我可以想像納許已四處布下眼線了，相信每封嫌疑犯所寫的信，無論是郵寄或親遞，他都會立刻追查。凶手遲早會失手或漸次掉以輕心。

我第三度為自己的好管閒事表示道歉。

納許深表理解地說：「唉，這也沒辦法。祝你下次走運。」

我走進夜色中，我的車邊站了一個人影，沒想到竟是梅根。

「哈囉！」她說，「我就知道這車是你的。你在這兒幹嘛？」

「我倒想問你在這兒幹嘛？」我說。

「我出來散步啊。我喜歡在夜晚散步，沒人會攔住你說無聊話，而且我喜歡看星星，晚上空氣更清新，所有東西看起來也顯得很神祕。」

「你說得雖然沒錯，」我說，「但只有貓和女巫才會在夜裡出沒，你家人會擔心你。」

「他們才不會，他們從不想知道我在哪兒、在做什麼。」

「你這陣子還好嗎？」我問。

「還好吧。」

「霍蘭小姐有沒有照顧你？」

「還好啦，她反正總是少根筋。」

「那倒也是真的。」我說，「上來吧，我送你回家。」

其實，家人畢竟還是會擔心梅根。

我們開到屋子近處時，西蒙頓正站在門口。

他向我們張望。

「你好，梅根在車上嗎？」

「在。」我說，「我把她送回來了。」

西蒙頓嚴厲地說：「梅根，不許你再偷偷跑出去了，霍蘭小姐一直掛慮著你。」

梅根嘟囔了句什麼，從他身旁繞進屋子裡。西蒙頓嘆了口氣。

「照顧沒了媽媽的大女孩，責任真是重大呀。我看要送她上學年齡也嫌大了。」他滿腹狐疑地朝我看了一眼。「是你開車帶她去兜風的嗎？」

我想我最好還是別多做解釋。

11

第二天……我一定是瘋了。現在回想起這件事，「發瘋」是我唯一能夠找到的解釋。

我得回去找馬克斯．肯特醫生做每個月的回診，我準備搭火車前去。令我想不通的是，喬安娜竟然選擇留在鎮上。按理說，她應該會很想陪我去，而且我們通常還會住上兩三天。可是這次，儘管我提議搭當晚的火車回來，她卻只是神祕兮兮地表示自己有很多事情要做，還說鄉下天氣這麼棒，幹嘛在髒汙的火車裡窩幾小時？

話雖然沒錯，但聽起來實在很不喬安娜。

她說她不需要用車，我可以把車開到車站，停在那兒，回來時再用。

嶺石塔車站的位置，離小鎮足足有半里之遙，這簡直莫名其妙得可以。車行至半途，我看到梅根正漫無目的地在路上晃，我停下車來。

「哈囉，你在幹嘛？」

「出來溜溜。」

「看你步子挺沉重的，跟個垂頭喪氣的螃蟹一樣。」

「我沒什麼特別的地方要去嘛。」

「那你最好到火車站送我。」

我打開車門，梅根跳上來。她問：「你要去哪兒？」

「倫敦。去見我的醫生。」

「你的背沒惡化吧？」

「沒有，恢復得差不多了。我想醫生一定會很滿意。」

梅根點點頭。

我們在車站停下車。我停妥車，去窗口買票，站台上沒什麼人，我誰也不認識。

梅根說：「你能不能借我一個便士？那樣我就可以去買販賣機裡的巧克力了。」

「給你吧，小寶貝。」我把她要的硬幣遞給她。「要不要順便買點清涼的口香糖或潤喉片？」

「我最喜歡巧克力。」梅根沒聽出我話裡的譏諷。

她走向販賣機。我望著她的背影，不禁怒從中來。

梅根穿著破舊的鞋子、粗糙醜陋的長筒襪、一件變形了的套頭衫和裙子。我不知道為什麼這一切會讓我這麼火冒三丈，但它的確讓我很生氣。

她回來後，我憤憤地說：「為什麼你要穿那麼難看的襪子？」

梅根低頭看看，很驚訝。

「這襪子哪裡不好？」

「全都不好，看了就倒胃口。而且你為什麼穿一件像爛白菜一樣的套頭衫？」

「很好啊，不是嗎？我已經穿很多年了。」

「我想也是，你為什麼不……」

這時，火車來了，打斷了我的責問。

我進了一節較空的頭等車廂，放下車窗，伸出頭繼續說話。

梅根仰臉站在下面，問我為什麼生那麼大的氣。

我謊稱：「我不是生氣。看到你這麼邋里邋遢地隨便亂穿，我就不高興。」

「反正我再怎麼打扮也好看不起來，所以又有什麼關係？」

「我的上帝啊，」我說，「我想看你好好地打扮一下，我想帶你去倫敦，把你從頭到腳改變一番。」

「但願你辦得到。」梅根說。

火車開始發動了，我望著梅根仰起那渴望的臉。接著就像我剛才說的一樣，我發瘋了。

我打開車門，用手抓住梅根，將她拖進車廂裡。

列車員狂叫一聲，但他也只能嫻熟地再度將門關上。梅根被我一時衝動拉進來，跌坐在車廂地板上，我將她扶起。

「為什麼你要這麼做？」她揉著膝蓋問。

「閉嘴。」我說，「跟我去倫敦就對了。等我把你打扮好以後，你會連自己都認不出來。我要讓你看看，如果你盡了力，自己會變成什麼模樣。我實在看煩了你這麼不修邊幅地到處亂晃。」

「噢！」梅根驚喜地低聲說。

檢票員過來了，我幫梅根買了張來回票。她坐在角落裡，以敬畏的眼神看著我。

列車員走後，她說：「你是一時心血來潮，對吧？」

「沒錯。」我說，「我們家的人就是這樣。」

我該如何對梅根解釋自己的衝動？當時她就像一隻被丟棄在家的小狗般悵然，而現在，她又像被主人帶出去散步的狗狗一樣，散放著榮寵的喜悅。

我對梅根說：「我想你不太熟悉倫敦吧？」

「很熟。」她說，「我得經過倫敦去上學，我還去那兒看過牙醫，觀賞過啞劇。」

我曖昧地說：「這次的倫敦會不同以往。」

我們抵達時，離我和醫生的約診尚有半小時。

我叫了計程車，直奔喬安娜做衣服的服裝店米若婷。米若婷其實是一位叫瑪麗．格雷的四十五歲婦女經營的時裝店。瑪麗十分聰慧和善，我向來喜歡她。

我對梅根說：「就說你是我表妹吧。」

「為什麼？」

「別跟我吵。」我說。

瑪麗・格雷正在力勸一個猶太胖女人，那女人看上一件深藍色的緊身晚禮服。我解了她的圍，把她拉到一邊。

「聽著，」我說，「我把我家小表妹帶來了。喬安娜原本要來，但脫不開身。她說我可以把一切交給你。你看到我表妹現在的模樣嗎？」

「天啊，看到了。」瑪麗・格雷激動地說。

「我希望她從頭到腳穿出個樣子來，這事就全交給你了……襪子、鞋子、內衣，所有一切。順便問一聲，喬安娜的男髮型設計師也在這附近，對吧？」

「安東尼嗎？在拐角那兒。這事也交給我吧。」

「你真是個大好人。」

「噢，我很樂意，何況還有錢賺。現在錢的事也不能小看喔！有一半該死的女客戶從不付帳。但我說過，我很樂意為您效勞。」她站在稍遠的地方，用職業的眼光瞥了一下梅根。

「她的身材很好。」

「你的眼睛肯定和X光一樣。」我說，「我實在看不出她有任何身材可言。」

瑪麗・格雷大笑。

「都是那些學校害的。」她說，「它們似乎以培養姿色平庸的女孩而自豪，而且美其名曰清純，有時候她們必須花很多工夫，才能重新把自己打理出一點人樣來。別擔心，都交給我吧。」

「好的。」我表示，「我大約六點回來接她。」

§

馬克斯．肯特對我的復元狀況很感滿意，說是遠遠超出了他的預期。

「能恢復成這樣，你的體質一定很好。」他說，「只要能乖乖過著規律的生活，吸收鄉間的空氣，又不受刺激，對健康就會很好！」

我說：「你說的前面兩點我都同意，但別以為鄉下就不刺激。在我們那地方，最近的刺激可不少呢。」

「哪種刺激？」

「謀殺案。」

馬克斯．肯特吹了聲口哨。

「是田園愛情悲劇嗎？農村青年殺了女友？」

「才不是，是個手段高明、心狠手辣的瘋子殺手。」

「我怎麼都沒在報上看到？警方是什麼時候抓住凶手的？」

「還沒抓到呢，而且凶手是個女的。」

「喂，老弟，我不確定你適合在嶺石塔養病了。」

我堅定地說：「適合得很，你就是去拉也無法把我拉回來。」

低俗到不行的馬克斯．肯特立刻接口說：「原來如此！泡到妞了嗎？」

「扯到哪裡去了。」我說，心裡對愛瑟．霍蘭突然有些內疚。「我只是對犯罪心理很感興趣罷了。」

「噢，好吧。看來到目前為止，此事對你的健康無礙。但你得小心啊，別讓那個瘋子殺手也把你做掉了。」

我說：「那倒不用怕。」

「今晚和我一塊吃飯怎麼樣？你可以跟我講講那個可怕的謀殺案。」

「對不起，我約了人了。」

「與佳人有約嗎？你這小子真的復元得很不錯。」

「我想你可以那麼說。」我表示，心裡對梅根充任「佳人」一事，覺得好笑。

六點時，我來到米若婷，也就是店裡要關門的時刻。瑪麗．格雷站在櫥窗外的階梯頂端迎接我。她把手指壓在唇上。

「你絕對會大吃一驚的。我可是費了很大工夫喔！」

我走進寬敞的展覽廳，梅根正站在一大面鏡子前看著自己……我幾乎認不出她來了！那一剎間，我完全忘了呼吸！梅根身形高䠷，纖柔如柳，絲襪和精巧的鞋子襯著她一對細緻美麗的小腳。是的，手腳都如此動人，骨架又細……梅根的每道線條都透著優雅與貴氣。她那修剪過的頭髮如絲綢般閃動。她們沒怎麼修飾她的臉，這很明智。梅根未施粉黛……或者也有，卻淡雅得不留痕跡。她的嘴唇並不需要上口紅。

而且她身上有種我從未看過的東西……她修長的脖子，散放著一種清新無邪的悠然自若。她認真地看著我，羞澀地微笑。

「我看起來……滿好的，對吧？」梅根問。

「好看？」我說，「豈止是好看！我們現在去吃飯，如果那裡的男人不盯著你看，我頭給你。你會把其他女孩都比下去。」

梅根不美，但她有一種超凡的靈氣，又極具個性。她比我先踏進餐廳，當領班向我們急奔而來時，我竟然像個急於獻寶的人一樣，傻呼呼地得意起來。

我們先點了雞尾酒，慢條斯理地品嘗著；隨後吃飯，而且我們跳了舞。梅根很想跳，我不想讓她失望，不知怎地，我認為她應該不太會跳。然而梅根的舞確實跳得很棒，她在我的臂彎裡輕如羽毛，身體和腳步也跟節奏搭配得天衣無縫。

「哇！你會跳舞啊！」我說。

她似乎有些驚訝。

「我當然會啦。我們在學校每週都有舞蹈課。」

我說：「光憑上課未必能把舞跳好。」

我們回到自己的桌子。

「這兒的食物真好！」梅根說，「所有的東西都好棒！」

她開心地嘆聲氣。

「和我的感覺完全一樣。」我說。

這是個讓人心蕩神馳的夜晚。我還狂心未收，梅根卻將我拉回現實，她疑惑地問：「我們不是該回家了嗎？」

我一愣。沒錯，我真的是瘋了，我把一切全忘了！我進入了一個虛幻的世界，跟我所創造的人兒盡情逍遙其中。

「我的天啊！」我說。

我意識到最後一班火車已經開走了。

「你留在這兒，我去打個電話。」

我打電話給租車公司，要他們盡快派輛最大最快的車過來。

我回到梅根身邊。

「最後一班火車已經走了，我們得開車回家。」

「是嗎？真好玩！」

我心想，這孩子真好，那麼容易滿足，不問問題，不大驚小怪，不刁難地接受了我所有的建議。

車來了，很大，也很快。但我們回到嶺石塔時還是很晚了。

我突然有些良心不安。

「他們一定會派搜索隊找你！」

梅根的心情似乎很平和，她淡淡說道：「我倒不認為。我經常出去，不回家吃中飯。」

「話是沒錯，但你今天可是連下午茶和晚飯也沒在家吃呀。」

不過梅根倒是很走運，西蒙頓家的房子漆黑一片，悄無聲息。在梅根的建議下，我們繞到屋後，往露絲的窗戶扔石頭。

露絲終於向外看了，她差點失聲驚呼。露絲跑下來給我們開門。

「都這時候了，我以為您在床上睡覺呢。老爺和霍蘭小姐（說完霍蘭小姐的名字後，她哼了一聲）晚飯吃得早，一起出去兜風了。我說我會照顧那兩個孩子。我在樓上嬰兒室哄柯林時聽見小姐您進來了，但我下來時卻沒看見，我還以為您上床睡了。老爺回來問起您，我就是那麼說的。」

我打斷她的話說，梅根最好現在就去睡覺。

「晚安，」梅根說，「非常謝謝你，這是我記憶中最美好的一天。」

我一路輕飄飄地坐車回家，給了司機一大筆小費，還問他要不要在我家睡一夜，不過他還是寧可連夜開車回去。

我們說話時，大廳的門已經打開了。司機開車走後，門已敞個大開，喬安娜說：「你終於回來了？」

「你在擔心我嗎？」我進來關上門說。

喬安娜走進客廳，我跟著進去。爐邊的三角架上放著咖啡壺，喬安娜給自己弄了杯咖啡，我給自己倒了杯威士忌蘇打酒。

「擔心你？當然不是。我還以為你決定待在城裡飲酒作樂呢。」

「我是飲酒作樂了……就某個角度而言。」

我咧嘴一笑，而後開始放聲大笑。

喬安娜問我笑什麼，我告訴了她。

「傑瑞，你一定是瘋了，而且還瘋得厲害。」

「我想是的。」

「但是，老哥啊，你不能做那種事……在這種地方不行。這件事明天就會傳遍整個嶺石塔了。」

「我想也是，但梅根畢竟只是個孩子。」

「她不是孩子了，人家已經二十歲。你帶一個二十歲的女孩去倫敦，幫她買衣服，一定會惹來閒言閒語。我的天，傑瑞，搞不好你得娶那女孩以示負責。」喬安娜半嚴肅、半開玩笑地說。

就在那一刻，我有了重大發現，我說：「去他的！娶她又如何？事實上……我正求之不得呢。」

喬安娜露出很滑稽的表情，她站起身，朝門口走去，並冷冷地說：「是啊，我早就料到了……」

她扔下我獨自站在那裡，手舉酒杯，被自己的新發現嚇呆了。

╱12

我不知道男人向女人求婚時，通常會有什麼反應。小說裡的男子會口乾舌燥，衣領發緊，緊張到令人同情。我卻絲毫沒有那種感覺。想到這個好主意後，我只想盡快將一切辦妥，不覺得有必要難為情。

我到西蒙頓家時大約是十一點，我按了門鈴，露絲來開門，我求見梅根小姐。露絲會意地看我一眼，她這一眼，讓我頭一次感到有點羞怯。

露絲將我領進早晨會客的小客廳裡。在裡面等待的時候，我很不安地希望他們沒有難為梅根。

門開了，我轉過身，立刻鬆了一口氣。梅根完全沒有羞澀或難過的表情，她的秀髮仍然光滑如緞，神情間透著昨天才獲得的自豪與自信。她又換上她的舊衣服了，然而衣服在她身上已經顯現出不同。知道自己的魅力，可以賜與女性神奇的變化，我突然意識到梅根已經長大了。

我想我一定相當緊張，要不然第一句話也不會說：「哈囉，小鬼頭！」在那種情況下，那根本不像情人會打的招呼。

但它似乎挺合梅根的意。她咧嘴一笑說：「哈囉！」

我說：「希望你沒有因為昨天的事被罵？」

梅根自信地說：「噢，沒有。」然後她眨眨眼，曖昧地表示：「有啦，算是被罵了，我的意思是，他們說了一大堆這個那個，似乎認為昨天的事很荒唐……你也知道，人們就是愛小題大做。」

發現這番責罵對梅根而言只是船過水無痕，令我大鬆了一口氣。

「我今天早上過來，是想提個建議。」我表示，「你知道我很喜歡你，而我覺得你也喜歡我……」

梅根以相當令人不安的熱情說：「非常喜歡。」

「而且我們很合得來，因此我想，如果我們結婚應該不錯。」

「呃。」梅根說。

她有些驚訝，只是有些驚訝，卻未被嚇到，不感震驚，只是有些微的詫異而已。

「你的意思是，你想娶我？」她的口氣好像是只想澄清一件事。

「比世界上任何事情都想。」我由衷地表示。

「你是說，你愛上我了？」

「我愛上你了。」

她嚴肅地定定看著我說：「我認為你是世界上最好的人，但我不愛你。」

「我會讓你愛上我。」

「那不行，我不想被人逼迫。」她停下，然後又正色地說：「我不適合做你的妻子。愛與恨相比，我擅長後者。」

她說那句話時，語氣格外強烈。

我說：「恨不會持久，但愛會。」

「是嗎？」

「我相信是的。」

又是一陣沉默。然後我說：「這麼說，你『不願意』囉？」

「是的，我不願意。」

「你不給我一絲希望嗎？」

「那又有什麼益處？」

「是沒有益處，」我同意說，「其實我問了也是多餘……因為不管你是否答應，我都會抱持希望。」

§

嗯，就是這樣了。我離開西蒙頓家，覺得有些茫然，而且一直感覺到露絲那討厭的目光好奇地追著我看。

在我逃開之前，露絲已哇拉哇拉講起來了。

她說，自從事故發生後，她的感覺就不一樣了。要不是為了孩子，為了可憐的西蒙頓先生，她根本不會留下來。還說除非他們很快找到新女僕，否則她也要走……可是家裡才出了謀殺案，他們不可能很快找到人手。霍蘭小姐心腸不錯，也會兼做家務；她人很可愛，很樂於助人……話雖沒錯，但她八成在想著哪天自己能成為這家的女主人呢！西蒙頓先生，可憐的人，什麼也看不出來……但我們都知道可憐無助的鰥夫，很容易成為有心女子的獵物。霍蘭小姐若沒當上女主人，才是有鬼！

我連連虛應，巴望著能趕快離開，卻苦苦無法脫身，因為她在口沫橫飛的亂罵人時，還緊緊拉著我的禮帽。

我懷疑她的話有多少真實性。愛瑟．霍蘭真考慮過成為第二個西蒙頓夫人嗎？或者她只是好心地盡力照顧一個痛失親人的家庭而已？

無論如何，結果很可能都一樣。那又何妨？西蒙頓的小孩需要母親……愛瑟是個正派的人，只是美麗得讓人想入非非，但男人都喜歡美女，就連西蒙頓這個老古板也一樣吧。

我知道，自己專心思慮這一切，是為了不去想梅根的事。你們可能會說，我跑去跟梅根求婚太衝動了，被她拒絕本是活該……但事情又不全是那樣。因為我覺得很有把握，確信梅根屬於我……她是我的責任，照顧她、讓她幸福、不讓她受傷害，是最適合我的生活方式，而且我猜她也跟我一樣，感覺彼此相屬。

我不會放棄，不會！梅根是我的女人，我要擁有她。

考慮了一會兒後，我去了西蒙頓的辦公室。梅根也許不在乎家人對她的責難，但我還是想把事情說清楚。

得知西蒙頓先生有空後，我被領進他的房間。他嘴一撇，態度很生硬，一看就知道不希望我來。

「早安，」我說，「我來不是為了公事，而是為了私事。我就坦白說吧，你應該知道我愛上梅根了，我已向她求過婚，但被她拒絕。不過我覺得事情還是有轉圜的餘地。」

西蒙頓的表情有了變化，我一眼便能看穿他的心思。梅根是他家中唯一的異類……我相信西蒙頓是個正直友善的人，絕不會將亡妻的女兒趕出家門，然而，梅根若肯嫁給我，必定能令他如釋重負。他的表情開始冰釋，對我小心地微微一笑。

「坦白說，包頓先生，我對這件事一無所知。我知道你最近對她頗多關注，但我們總還是把她當孩子看。」

我簡短地說：「她不是個孩子了。」

「是啊，年齡上已經不是了。」

「只要條件允許，她隨時可以成熟得和同年紀的人一樣。」我還是有點不平地說，「我知道她還不到二十一歲，但再過一兩個月就到了。你想知道我什麼事，我都會盡可能讓你了解。我經濟優裕，生活嚴謹，我會照顧她，盡我所能讓她幸福。」

「是，是。不過，這事還是得由梅根自己決定啊。」

「她總會答應的，」我說，「我只是想親自向你把這件事說清楚。」

他說他很感謝我這麼做，然後兩人便客氣地道別。

§

我在外頭遇見了艾蜜莉．巴頓小姐。她拎著一個購物籃。

「早啊，包頓先生，聽說你昨天去倫敦了。」

我心想，是的，她也聽說了，她的眼神很友善，卻充滿了好奇。

「我去見我的醫生。」我表示。

艾蜜莉小姐微微一笑。

那笑容全然沒將醫生放在心上，只見她喃喃說道：「聽說梅根差點沒趕上火車，是火車開動的時候才跳上去的。」

「是我幫的忙。」我說，「我把她拖上車的。」

「幸好有你在，否則可能會出事。」

一位老太太的溫和打探，竟會讓一個男人覺得自己蠢到想鑽地洞，真是奇也怪哉。

這時丹克索夫人突然殺了出來，使我免受進一步的煎熬。她身邊雖然帶了一位害羞的老太太，可是講起話來還是大剌剌的。

「早啊，」她說，「聽說你幫梅根買了漂亮衣服？你很有眼光，男人這麼心思細密真不容易。我一直很擔心那女孩，有點腦子的女孩是很容易變成傻瓜，不是嗎？」

說完這句驚世之語後，丹克索夫人便衝進魚店了。

被扔在我身邊的瑪波小姐眨眼說：「丹克索夫人是個不尋常的女人，她幾乎是對的。」

「所以大家才會這麼怕她。」我說。

「坦白是會讓人害怕。」瑪波小姐說。

丹克索夫人又衝出魚店，加入我們之中。她手裡拿著一隻紅色的大龍蝦。

「你們要不要看看和卜艾先生完全不同的東西？」她說，「有活力又漂亮，是不是？」

§

我有點怕碰到喬安娜，但回到家，卻發現自己多慮了。喬安娜出去了，沒回來吃午飯。

這使帕翠姬很不高興，她把兩份腰排放在碟子上，酸酸地說：「包頓小姐還特別說過她要回來哩。」

為彌補喬安娜的不是，我把兩份排骨都吃了。儘管這樣，我還是想知道喬安娜人在何處。最近她老是神祕兮兮的。

三點半時喬安娜才闖進客廳，我聽見有車停在外面，猜想應該會見到葛菲詩，但車子繼續往前開去，喬安娜一個人走進來。

她滿臉通紅，似乎很不高興。我猜大概發生了什麼事。

「怎麼啦？」我問。

喬安娜張開嘴，又闔上，嘆口氣，然後跌坐在椅子上，盯著正前方。

她說：「我過了最糟糕的一天。」

「出了什麼事？」

「我做了最不可思議的事，真可怕……」

「可是到底……」

「我只是出去散步，隨便走走。我翻過山丘來到荒原，走了好幾哩路。後來我走進一個小山谷，那兒有個牧場，地點十分偏遠。我口渴了，想看看牧場裡有沒有牛奶或可以解渴的東西，因此就漫步走進牧場的院子。這時門開了，葛菲詩走了出來。」

「後來呢？」

「他以為進來的是本區的護士，因為屋裡有位婦女正要分娩，他正在等護士來幫忙，他也託人叫護士再帶名醫生過來。因為，情況滿危急的。」

「後來呢？」

「所以他就說……他對我說：『快過來，你可以的，總比沒人好。』我說我不行，他問我什麼意思，我說我從未接生過，我什麼都不懂……

「他說那有什麼關係？然後他就變得好凶，還轉身對我說：『你是女人，對吧？我想你應該願意盡全力幫助另一個同類吧？』接著他又繼續數落我，說我曾一副對行醫很感興趣的樣子，還說過想當護士。『原來全是空話，說的都不是真的！但眼前的危難是真真實實的，你最好像樣一點過來幫忙，別當個沒用的花瓶杵在那裡。』

「傑瑞，我做了一些最不可思議的事，我拿手術器具，給器具消毒，遞這遞那的。我現在累到站不直了，太可怕了。但他救了那個女人……和那個孩子，孩子活著出來了。他還以為他救不了呢。噢，天哪！」

喬安娜捂住臉。

我開心地打量著她，忍不住在心裡向歐文．葛菲詩脫帽致敬。這一次他可讓喬安娜深切體驗到何謂真實人生了。

我說：「大廳裡有你一封信，我想是保羅的。」

「啊？」她停了一分鐘，然後說：「傑瑞，我以前根本不知道醫生得做那些事，他們真有膽量！」

我去大廳把喬安娜的信拿進來。她打開信，匆匆瞄過後，隨手任由信紙掉在地上。

「他……真的……真的很了不起。那樣奮戰不懈，那樣頑強。他對我很粗暴、很凶……但他很了不起。」

我帶著些許快意，看著保羅那封被扔在一邊的來信。顯然，喬安娜已從保羅的情傷中痊癒了。

13

事情的發展總是出人意表。

我滿腦子想著自己和喬安娜的感情事，所以當第二天早晨納許的聲音從電話裡傳來時，我還嚇了一大跳。

「包頓先生，我們抓到她了。」

我震驚到差點沒把話筒掉在地上。

「你的意思是那個……」

他打斷我。

「你那邊不會有人偷聽到吧？」

「沒有，我想不會有人偷聽……不過，也許……」

我似乎聽到廚房的門被推開了一條縫。

「還是麻煩你到警察局來一趟吧？」

「好，我馬上去。」

我頃刻間就到了警察局。納許和帕金斯巡佐兩人正在裡面。納許滿臉笑意。

他說：「這次追捕真是費了不少時間，但我們終於破案了。」

他把一封信沿桌面彈過來。這次，信全是用打字機打的。就內容而言，這封信算是比以往溫和。

你想攀上死去女人的位子是吧，別作夢了，全鎮的人都在笑你。現在就搬走吧，否則只怕後悔莫及。這是次警告。記得那個女孩怎麼死的吧？搬走吧，走得遠遠的。

信的結尾是幾句不堪入流的話。

「霍蘭小姐今早收到的。」納許說。

帕金斯巡佐表示：「但她以前沒收過，倒是滿奇怪的。」

「誰寫的？」我問。

納許臉上的得意褪去了幾分，看來疲勞而憂心。

他嚴肅地說：「我對此事感到萬分遺憾，因為這會對一位正直人士造成很大打擊。也許他已經在懷疑了。」

我再次問：「是誰寫的？」

「艾美．葛菲詩小姐。」

§

那天下午納許和帕金斯帶著拘捕令去了葛菲詩家。在納許的邀請下，我和他們同去。

他說：「醫生很喜歡你。他在這地方朋友不多，我想，如果你不覺得太痛苦，包頓先生，你可以幫助他承受這次打擊。」

我表示我會去，但並不喜歡這份差事，我只是希望自己能發揮一點作用而已。

我們按門鈴要求見見葛菲詩小姐。我們被領進客廳。愛瑟．霍蘭、梅根和西蒙頓正在那兒用茶點。

納許表現得非常委婉。

他問艾美能否和她私下說幾句話。

艾美起身向我們走來。我覺得她眼中似乎有一絲被人逮著的神情，但就算有吧，也僅是轉瞬即逝而已。她看來毫無異樣而且熱情依舊。

「找我呀？不會是我的車燈又出問題了吧？」

她帶我們走出客廳，穿過門廳，進到小書房。

我在關上客廳門的同時，看到西蒙頓突然抬起頭來。當時我還以為這位經常與警方打交道的律師，從納許的態度中察覺了什麼，因為他半站起身子。

之後我便關上門，跟著其他人走了。

納許正在說話，他聲音沉斂、無一字廢語。納許警告葛菲詩小姐，表示他必須請她去一趟警察局，他拿出拘捕令，宣讀罪名……

我現在忘記那些法律罪狀是什麼了，罪名與匿名信有關，但尚未提及謀殺。

艾美．葛菲詩仰頭發出低沉的笑聲，說道：「太可笑了！我怎麼可能寫那種淫穢的東西。你一定是瘋了，我從未寫過一個字。」

納許拿出寄給愛瑟．霍蘭的信說：「你否認這個是你寫的嗎，葛菲詩小姐？」

艾美若有猶豫，但也只是短短幾分之一秒而已。

「當然否認，我從未見過它。」

納許平靜地說：「我必須告訴你，葛菲詩小姐，前天夜裡十一點至十一點三十分之間，有人看見你用女子學院的那台打字機打這封信。昨天你拿了一大疊信件走進郵局……」

「我從未寄過這封信。」

「是的，你的確沒寄過。你在等著買郵票時，故意趁人不注意，把它丟到地上，以便有人毫未起疑地走過來，把它拾起，替你寄走。」

「我從來沒……」

門開了，西蒙頓走進來厲聲說：「出了什麼事了？艾美，有事的話，你應該要有律師陪同，你若希望我……」

艾美當下就崩潰了，她捂住臉，踉蹌著走到椅子邊說：「走開，理查，你走。我不需要你！不需要！」

「你需要一名律師，親愛的。」

「我不需要你做我的律師。我……我……受不了。我不想讓你知道……這一切。」

也許西蒙頓那時明白了，他靜靜地說：「我去請伊克漢普敦的邁德梅律師，好嗎？」

艾美點點頭，然後開始抽泣。

西蒙頓走出房間，在門廳裡與歐文．葛菲詩撞了個滿懷。

歐文粗暴地說：「這是怎麼回事？我妹妹……」

「葛菲詩醫生，我很難過，非常難過，但我們沒有別的選擇。」

「你認為……那些信是她寫的？」

「只怕是的，先生。」納許表示。他面向艾美。「麻煩你現在就跟我們走，葛菲詩小姐，你要見律師有的是機會。」

歐文叫道：「艾美……」

艾美自她哥哥身邊繞過，但沒敢看他。

她說：「別跟我說話，什麼也別說。看在老天的份上，別看著我！」

他們走了出去，歐文像作夢般地愣在那兒。

我等了一會兒，才走到他面前。

「葛菲詩，有什麼要我做的，請告訴我。」

他夢囈似地說道：「是艾美幹的？我不相信。」

「也許是弄錯了。」我輕聲說。

他緩緩道：「如果真是弄錯了，她不會是那種表情。但我怎麼也不會相信，我不相信。」

他跌坐在椅子裡，我趁隙弄了杯烈酒拿給他。他喝光了，酒似乎對他有益處。

他說：「起初我還不明白到底出了什麼事……我現在沒事了，包頓，謝了，你真的幫不上忙，誰也幫不上。」

門開了，喬安娜臉色煞白地走進來。她走到歐文身邊，看看我。

她說：「傑瑞，你出去，這兒由我來。」

出門時，我看見喬安娜在葛菲詩的椅子邊跪了下來。

§

我無法連貫地講述接下來……二十四小時內所發生的事，許多互不相干的事情都浮出檯面了。

記得喬安娜回家時臉色蒼白，面孔痛苦地扭曲著。我記得自己為了想讓她高興起來，就說：「喲，沒想到你也會服侍人啊？」

喬安娜只是勉強笑笑說：「他說他不需要我，傑瑞。他非常……非常傲慢和冷漠。」

我說：「我的女人也說她不需要我……」

我們兄妹倆坐了一會兒，最後喬安娜說：「包頓家的人現在都沒人要了！」

我說：「別在意，我可愛的妹妹，我們還擁有彼此。」

喬安娜說：「傑瑞，不知怎地，現在連這句話也安慰不了我了……」

§

第二天歐文來了，對喬安娜大誇特誇一番，內容已經到了虛偽的程度了。他說喬安娜很了不起，陪著他不說，還表示如果他願意的話，願意馬上嫁給他等等。但他不打算讓她那麼做，因為她太完美、太高雅了，不應該跟那種骯髒事扯上邊，因為報紙只要一探到消息，就會鬧個沒完沒了。

我喜歡喬安娜，知道她是那種可以與人共患難的人，但我對歐文這套誇張的說辭覺得相當厭煩，我不悅地告訴他，別他媽那麼假崇高。

我走到了鬧街，發現所有人都在議論紛紛。艾蜜莉・巴頓說她從未真正信任過艾美・葛菲詩。雜貨店的老闆娘津津樂道地說她總覺得艾美的眼神很怪……

他們已經認定是艾美幹的了，納許是這麼說的。警方搜查她家時，找到了從艾蜜莉・巴頓那本書中剪下來的那幾頁……就藏在樓梯下的櫃子裡，用一卷舊壁紙包著。

納許頗為欣賞地說：「的確藏得很好，你料不準哪個好管閒事的僕人會去開開鎖啦、挪挪桌子的；但那些放滿舊網球和壁紙的舊貨櫃是不會有人去開的，大家只會往裡頭塞東西。」

「那女人似乎對那種特殊的藏匿之處情有獨鍾。」我說。

「沒錯，罪犯心理都差不多。對了，談到那個死去的女孩，我們有件事得查一查。醫生的配藥室裡有把大杵不見了。我敢跟你打賭，死者是被那把杵擊倒的。」

「那種東西帶在身上也太不方便了吧。」我反駁道。

「對葛菲詩小姐而言並無不便。她那天下午要去女童軍，順路幫紅十字會的貨攤帶些鮮花和蔬菜過去。因此她那天提了個特大的籃子。」

「烤肉叉還沒找到嗎？」

「沒有，我想找也是白找。凶手也許瘋了，但還不至於瘋到會留下一根沾血的烤肉叉，以方便警方破案吧？她只要把叉子洗乾淨，放回廚房的抽屜就行了。」

我讓步了。

「我想你們也不可能破獲所有的做案工具。」

牧師家是最晚聽到消息的人家之一，瑪波小姐非常難過，急急地和我討論這個話題。

「包頓先生，這不是真的，我敢保證這不是真的。」

「只怕事實不容辯駁。警方埋伏在那裡，他們真的看見她打那封信了。」

「是，是的，也許他們看到了。是的，這點我能理解。」

「那幾張藏在她家中的書頁也被找到了。」

瑪波小姐瞪大眼睛望著我，然後用極低的聲音說：「真恐怖……太惡毒了！」

丹克索夫人急忙跑過來，加入我們。她說：「瑪波小姐，怎麼了？」

瑪波小姐無助地低語說：「噢，老天，噢，老天，這怎麼辦才好？」

「珍，你怎麼了？」

瑪波小姐說：「這裡面一定有問題。但我年紀大了，又這麼無知，而且還愚蠢得很。」

我無言以對，覺得相當尷尬，幸好丹克索夫人把她的朋友帶走了。

然而，那天下午我又一次見到了瑪波小姐。那是在回家的途中遇到的。

瑪波小姐正站在村尾柯里特太太家附近的小橋邊，和梅根談論村裡的人。

我很想見梅根，一整天都想見她。我加快步伐，但當我走近她們時，梅根卻拔腿往相反方向走去。

這讓我很生氣，我本來想追過去，但瑪波小姐擋住了我的去路。

她說：「我想和你說句話。別去，現在別去追梅根，這很不明智。」

我正準備罵回去，她的話卻讓我怒意盡失。

「那女孩很勇敢，而且有非凡的勇氣。」

我還是很想去追梅根，但瑪波小姐說：「現在別勉強去找她，我知道自己在說什麼，梅根不能受到干擾。」

老太太的堅持令我動容，就好像她知道某些我不知道的事情一樣。

我怕了，但我不知道我為什麼害怕。

我沒回家，又來到鬧街，在街道上漫無目的地走著。我不知道自己在等什麼，也不知道自己在想什麼……

我被那個討厭的老鬼奧波登中校纏住了。他像往常一樣問起我漂亮的妹妹，然後接著說：「葛菲詩的妹妹是瘋了還是怎麼了？他們說她是匿名信事件的始作俑者……就是那些令眾人痛恨不已的匿名信。一開始我還不信，但他們說這是千真萬確。」

我說那是千真萬確的事。

「唉，看來我們的警方大致上還是不錯的，給他們時間，他們就能破案。匿名信的事還真是可笑，那些老處女就愛搞這種事。儘管葛菲詩那小妞長得還不賴，只不過年紀大了點。話又說回來，本地還真沒一個長得像樣的女孩呢……西蒙頓家的女教師例外，還值得瞄兩眼。那女孩也討人喜歡，有誰為她做點小事就千恩萬謝。前不久我碰見她和那兩個孩子在野餐還是什麼的，孩子們在石南叢裡玩，她在織東西，結果毛線用完了，她氣極了。我說：

『要不要我帶你回嶺石塔？我要去那兒拿釣竿，要不了十分鐘，然後我再送你回來。』她不放心把孩子扔下。『他們不會有事的。』我說，『誰會傷害他們呢？別帶孩子去了，不用怕。』因此我送她到鎮上的毛線店，之後又接她回來，就是這麼回事。她對我千謝萬謝，真是個好女孩啊。」

我設法擺脫了他。

接下來，我第三次看見了瑪波小姐。她正從警察局出來。

§

人的恐懼從何而來，是如何形成的？而在曝光之後，又將匿身於何處？

我聽過短短一句話，記在心裡，從未忘卻。

帶我走吧，這裡太可怕了，感覺是這麼的邪惡……

梅根為什麼說那些話？是什麼東西使她感到邪惡？

西蒙頓夫人之死，應該沒有任何令她感到邪惡之處吧。

為什麼那孩子會有那種感覺？為什麼？為什麼？

會不會是因為她覺得自己該負起某種責任？

梅根？不可能！梅根不可能和那些信有關……那些令人作嘔的下流信件。

歐文．葛菲詩曾說過，北部曾出現一個案子，是一個女學生幹的……

戈雷夫警官說過什麼來著？

好像和青春期心理有關……

手術台上，失去感覺的中年貴婦呢喃著她們平常不可能說出口的汙言穢語，小男孩在牆上用粉筆寫這畫那……

不，不，不會是梅根。

難道是遺傳嗎？不自覺地繼承了異常的基因？或者並非她的錯，而是祖先傳下來的詛咒？

「我不適合做你的妻子。愛與恨相比，我擅長後者。」

噢，我的梅根，我的寶貝。別說是你幹的！除了這個，發生什麼事都可以。那個老太婆在懷疑你了，她說你很勇敢……勇敢什麼？

這團煩亂的思緒很快就過去了，但我還是想見梅根……迫切地想見她。

那天晚上九點半，我走出家門來到鎮上，溜進西蒙頓家。

這時，我忽然有了全新的想法。我想到有個女人目前還未被懷疑。

（或者納許曾經懷疑過？）

此人極不可能，也絕無可能，就算今天，我也還是這麼認為。但事實不然，她還是有可能的。

我兩步併作一步走，因為我覺得現在更有必要見到梅根本人。

我穿過西蒙頓家大門，來到屋前。夜色極黑，烏雲密布。天空開始下起小雨了，能見度很低。

我看見某扇窗口射出亮光，是早晨會客的小房間嗎？

我猶豫了片刻，然後改變想法，不走前門了，我躡手躡腳來到窗邊，矮著身子靜靜繞過一大片灌木叢。

光線從半掩的窗簾縫隙間射出來，我輕易便能清楚看到裡面。

屋中是幅和諧的家居景象，西蒙頓坐在一張大靠背椅裡，愛瑟・霍蘭正低頭忙著縫補一件小男孩的襯衣。

由於窗戶頂端沒關，我也能聽見裡頭的聲音。

愛瑟・霍蘭正在說話。

「我真的認為，西蒙頓先生，孩子們的年齡也該上寄宿學校了。不是我想離開他們，我真的捨不得，我一直很喜歡他們。」

西蒙頓表示：「也許布萊恩是真的該去上學了，霍蘭小姐。我已決定讓他下學期開始就讀溫海斯……也就是我原先讀的那所預備學校。但柯林還有點小，我倒寧願再讓他等一年。」

「我當然懂您的意思。就他的年紀而言，柯林也許是小了點……」

寧靜的家庭談話，寧靜的家居景象，一頭金髮，埋於針線的女人。

這時門開了，梅根走進來。

她直挺挺地站在門口，我立刻注意到她似乎有些緊張和興奮。她的臉繃得很緊，有些扭曲，雙眼明亮而堅決。今晚她充滿自信，絲毫未見半分稚氣。

她對西蒙頓說話，卻未對他做出任何稱呼（我忽然想到，我從未聽梅根喊過西蒙頓。她是稱呼他父親、理查，還是別的？）。

「我想和你說句話。就和你一個。」

西蒙頓顯得十分吃驚，而且依我看，不是很愉快。他皺皺眉，但梅根卻異常果敢地進一步表明自己的意圖。

她轉向愛瑟．霍蘭說：「你會介意嗎，愛瑟？」

「噢，當然不會。」

愛瑟．霍蘭跳起來，她顯得很詫異，而且有些慌張。

她向門口走去，梅根挪開幾步讓她過去。

有那麼一瞬間，愛瑟一動不動地站在門口，回頭張望。

她雙唇緊閉，靜靜立著，一手伸出去，另一隻手則緊抱著她的織針。

我屏住呼吸，被她的美所震懾。

以後每當憶及此人，我就想起她當時的模樣……靜靜佇立，散發著希臘雕像般無與倫比的永恆之美。

接著，愛瑟走出去，闔上門了。

西蒙頓相當不耐煩地問道：「梅根，有什麼事？你想幹什麼？」

梅根站到桌前，俯視著西蒙頓。我再次被她臉上的堅毅與另一種氣勢——一種我從未見過的執著——所打動。

然後她張開口，說了句讓我跌破眼鏡的話。

「我想要些錢。」她說。

她的要求並未讓西蒙頓變得溫和些，他厲聲說：「你就不能等明天早上再說嗎？怎麼了，你覺得你的零用錢不夠花嗎？」

即便當時，我仍舊覺得西蒙頓還算公平講理，只是少了點溫情罷了。

梅根說：「我想要很多錢。」

西蒙頓在椅子裡坐直身體，冷冷說道：「再過幾個月你就成年了。到那時，你祖母留給你的那筆錢，就會由公共信託人交還給你了。」

梅根說：「你還沒聽明白，我要你給我錢。」她繼續說，速度更快了。「沒有人跟我談過我父親的事。他們不希望我知道他的事，不過我知道他坐過牢，也知道原因，是因為敲詐！」她停了下來。「嗯，我是他女兒，也許我遺傳到他吧。總之，我現在之所以向你要錢，是因為如果你不給……」她頓了一下，然後緩慢而沉穩地繼續說道：「如果你不給，我就把那天看見你在我媽房裡對藥動手腳的事說出去。」

一陣靜寂後，西蒙頓以一種毫無感情的聲音說：「我不明白你在說什麼。」

梅根說：「我想你是明白的。」

她微微一笑，笑得有點邪氣。

西蒙頓站起身，走到寫字檯前。他從口袋掏出一本支票簿，填了一張支票，然後小心地吸乾墨水，走回來把支票遞給梅根。

他說：「你現在大了，我了解你會想買點特別的東西，比如衣服之類的。我不懂你在說什麼，也沒聽進去，但這支票還是給你吧。」

梅根看了一眼，然後說道：「謝謝，就先這樣吧。」

她轉身走出房間。西蒙頓望著她關上門，隨即轉過頭來，我一看見他的臉，便失控地快速往前跌去。

這跌勢竟然被硬生生擋住了。原來牆邊的那棵灌木根本不是灌木，而是納許組長，他猿臂一伸將我抱住，並在我耳邊說道：「安靜，包頓，看在上帝的份上。」

這時他小心翼翼地向後退開，並拖著我陪他一起走。

我們拐過房子一角後，納許直起腰身，抹抹前額。

「你非得每次都插一腳嗎？」他說。

「梅根很不安全，」我急急地說，「你看到西蒙頓的臉了嗎？我們得把梅根從這兒弄出去。」

納許緊緊抓住我的手臂。

「聽好了，包頓先生，你得好好聽從命令。」

§

沒辦法，我只有服從的份。

我不喜歡這樣，但我還是屈服了。

而且我堅持留在現場，所以只得發誓乖乖服從命令。

於是我跟著納許和帕金斯，穿過打開的後門進入屋子。

我和納許埋伏在樓上樓梯平台的天鵝絨窗簾後面。一直等到屋裡的時鐘敲了兩下，西蒙頓的房門才打開。他走過平台，進入梅根的房間。

我沒敢妄動，因為我知道帕金斯巡佐就躲在門後，帕金斯是個好人，也很幹練。我知道自己沒把握可以保持安靜、不喊出聲來。

我等在那裡，心如擂鼓，我看見西蒙頓抱著梅根出來走下樓。我和納許很小心地與他保持著一段距離。

西蒙頓一直將梅根抱到廚房，就在他剛把梅根安頓好，讓她的頭部對向煤氣爐，並打開煤氣時，我和納許就衝進廚房門，將燈扭開了。

這就是理查·西蒙頓的下場……他崩潰了，甚至當我把梅根拖出去並關上煤氣時，我還能看到他崩潰的神色。他連反抗都沒有，因為知道自己輸了。

§

我在樓上，坐在梅根的床邊等她甦醒，時而罵一罵納許。

「你怎麼知道她會沒事？這險也冒得太大了吧。」

納許很會安慰人。

「西蒙頓只在她床頭的牛奶裡放了一片安眠藥而已，再沒別的了。這是有道理的，他不能冒險將她毒死。他認為，葛菲詩小姐一被捕，整件事就算了結了。他不能再製造另一起神祕死亡，不能訴諸暴力，也不能下毒。不過如果這個憂鬱的女孩因為無法承受喪母的刺激而吸瓦斯自殺……那麼人們只會說，她本來就很怪，母親的死讓她無法承受。」

我看著梅根說：「她怎麼這麼久還不醒？」

「你聽見葛菲詩醫生的話了嗎？心臟和心跳都很正常，她只是在睡覺而已，會自然醒來的。醫生說他給很多病人吃那種東西。」

梅根動了一下，低聲說了句什麼。

納許組長悄悄地離開了房間。

這時梅根睜開眼睛。

「傑瑞。」

「哈囉，小可愛。」

「我做得不錯吧？」

「你可能還在搖籃裡就懂得敲詐了吧。」

梅根又闔上眼，然後呢喃說：「昨晚，我給你寫信……我怕萬一……萬一有什麼差錯。

但我太睏了，沒寫完，在那邊呢。」

我走到寫字檯前，在一個破破爛爛的筆記本裡發現了梅根未寫完的信。

我親愛的傑瑞：（信的開頭很規矩）

我正在讀學校的莎士比亞課文，那首十四行詩的開頭是這麼寫的：

你於我心猶如食物之於生命，

又如及時甘霖之於土地。

於是我明白自己畢竟是愛你的，因為這正是我此刻的感受……

14

「你看，」丹克索夫人說，「我這專家找得沒錯吧。」

我瞪大眼睛看著她。大夥都在牧師家，外面正下著傾盆大雨，屋裡生著暖洋洋的柴火。丹克索夫人在房間裡轉了一圈，拍打一只沙發墊，然後把它放在平台式鋼琴的頂上，原因只有她自己知道。

「有嗎？」我驚奇地說，「你請專家了嗎？是誰？他做過什麼了？」

丹克索夫人說：「那人不是男的。」

她大手一揮，指向瑪波小姐。瑪波小姐這會兒已織完了毛線，正拿著鉤針和棉線忙著。

「那就是我請來的專家，瑪波小姐。」丹克索夫人說，「我告訴你們喔，仔細看看她，你會發現她對各種邪惡的人性，比任何我認識的人都要了解。」

「親愛的，你不該那麼說呀。」瑪波小姐嘀咕道。

「但你真的很了解嘛。」

「一年到頭住在鄉下，總是能看到各式各樣的人。」瑪波小姐平靜地說。她似乎感覺到大家期待的目光，便放下針線，對謀殺案做了一番溫和的陳述。

「看待這些案子，最重要的就是保持開放的心胸。大多數犯罪都簡單得有點離譜，這次的案子就是。很合理，也很直接，而且非常容易理解。但當然是很令人不快了。」

「非常令人不快！」

「真相其實顯而易見。你知道嗎，你也看出來了，包頓先生。」

「我沒有啊。」

「但你的確看出來了。你把整件事都指出來給我看了。你完全看清了事件之間的關係，只是缺乏自信，僅點出自己的感覺而已。首先，是那句讓人生厭的成語『無火不起煙』，它讓你氣惱。但接著你又一針見血地點出它的本質……煙幕彈，誤導，你知道，就是讓每個人看見不該看的東西，也就是匿名信，但事實上根本沒有什麼匿名信。」

「可是親愛的瑪波小姐，我向你保證，真的有匿名信。我就收過一封。」

「沒錯，但那些信根本不是真槍實彈，親愛的瑪德就常聽到一些閒言閒語。平靜如嶺石塔，也會有許多醜聞，我跟你保證，這兒的任何一個女人大概都知道那些醜聞，也懂得利用那些醜聞。不過男人對八卦不像女人那麼感興趣……尤其是像西蒙頓那樣離群索居、凡事講邏輯的人。寫那些信的人若真是女人的話，會更擊中要害。

「因此，如果不去管那道煙幕，直接來到火焰前，你就會了解自己的處境了。你會看到發生的事實。先把信的事擺在一邊，那其實只發生了一件事……西蒙頓夫人死了。

「於是你自然會想，有誰可能會希望西蒙頓夫人死掉？我們通常第一個想到的，當然就是死者的先生了。然後你會問，為什麼？他有何動機？比如說，他有沒有第三者介入？

「而我聽到的第一件事，就是他家有個非常年輕迷人的女家教。這不就很明顯了嗎？西蒙頓先生是個受壓抑、喜怒不形於色、相當沒有情趣的男人，他一直被綁在愛發脾氣、神經質的妻子身邊。然後家裡突然來了位年輕豔麗的女孩。

「你們知道嗎，上了年紀的男人一旦墜入愛河，就會變得很瘋狂。就我判斷，西蒙頓其實不是什麼好人，他不很善良，不很親切，沒有多少同情心，他的人格特質全是負面的……因此根本沒有能力壓抑心中的狂念。在嶺石塔這種地方，他了解只有妻子死了才能解決他的問題，他想娶那女孩。愛瑟受人敬重，他也是，而且他很愛自己的孩子，不想放棄他們。他什麼都想要，家、孩子、地位和愛瑟。他付出的代價就是下手謀殺。

「我想，西蒙頓選擇了一個非常聰明的辦法。他從處理刑事案件的經驗中得知，妻子意外死亡時，嫌疑常會落到丈夫頭上；如果是被毒死，還有可能開棺驗屍。所以他製造了一起似乎因其他因素而引發的死亡事件，創造了一名並不存在的寫匿名信者。更妙的是，他讓警方相信嫌犯是女性……從某種角度看，他們非常正確。因為這所有的信件都是女性的口吻。西蒙頓從葛菲詩告訴他的那些案件信函中，巧妙地做了摘錄。他並未笨到照抄原件，而是從中挑出一些語句和說法，將它們混用，結果那些信看起來就像是出自女人手筆……具有一個半瘋狂、被壓抑的女性性格。

「西蒙頓了解所有警方使用的伎倆，筆跡啦、打字檢驗等等。他籌備這起犯罪已有一段時間了，等打完所有信封後，他才把打字機送給女子學院，而且很可能很久以前某天他在小金雀花的客廳等候時，就從那本書裡剪掉幾頁了。人們不太會去翻講道的書。

「最後，等匿名信的事鬧得沸沸揚揚後，他就開始真正出擊了。那是一個天色晴麗的下午，女教師、孩子們和他的繼女相繼出門，而僕人也照例休假外出。西蒙頓無法預見小女僕阿妮絲會和她的男友吵架，折回屋裡。」

喬安娜問：「你知道阿妮絲看到什麼了嗎？」

「我不知道，我只能猜。我猜她什麼也沒看到。」

「所以她根本沒發現什麼囉？」

「不，不是的。我的意思是，她整個下午都站在貯藏室的窗前等待男友前來求和，但她什麼也沒看見。也就是，根本沒人到過西蒙頓家，郵差沒來過，其他人也沒來。

「由於反應遲鈍，阿妮絲過了一段時間後，才意識到這事很蹊蹺……因為照理說，西蒙頓夫人那天下午應該收過一封匿名信。」

我大惑不解地問：「難道她沒收過嗎？」

「當然沒有。我剛說過了，這個案子很單純，午飯後，西蒙頓夫人的坐骨神經痛會發作，因此下午就得吃藥，她丈夫就把氰化物擱在那些藥的最上層。西蒙頓只要趕在愛瑟．霍蘭之前，或與其同時回到家，然後喊他妻子，等聽不到回答時上樓到她房間，往她平時喝藥用的水杯裡倒一些氰化物，把揉皺的匿名信丟進字紙簍，把寫著『我無法繼續下去……』的紙片塞到她手裡就成了。」

瑪波小姐面向我。

「包頓先生，你那一點也說得非常對，『紙片』讓人感覺很不對勁。人們不會把遺言寫在一張破損的小紙片上，通常會用一整張紙，而且還要套上信封。是的，那紙片很不對勁，你也知道這點。」

「你太高估我了。」我說，「我什麼也不知道。」

「其實你知道，真的，包頓先生，要不然你為何會對令妹胡亂寫在電話板上的留言產生立即的印象？」

我慢慢重複道：「就是『我無法於週五去』那一句……我明白了。就是『我無法』那幾個字？」

瑪波小姐開心地對我笑了笑。

「完全正確。西蒙頓先生偶然見到他妻子寫了這幾個字，覺得應該會用得著，便將他需要的那幾個字撕下來，然後等待時機一到便用上了……那是一份出自他妻子親筆寫就的紙條。」

我問：「敢問，我還有哪些神來之筆？」

瑪波小姐向我眨眨眼。

「你讓我找對了方向，為我整理好所有的事實……而且是按順序整理好。更重要的是，你告訴我一件最重要的事……愛瑟・霍蘭從未收過匿名信。」

「你知道嗎，」我說，「昨晚我還在想，她會不會就是寫信的人，因為她從未收過信！」

「噢，老天，不是這麼回事……寫匿名信的人幾乎都會給自己也寄封信，大概是這樣可以增添刺激吧。不，這件事讓我感興趣的，是其他原因。你們瞧，這其實暴露了西蒙頓先生的弱點……他沒有勇氣寄一封下流的信給他深愛的女子。這是人性中非常有意思的一部分，也可以說是他善良的一面吧；但他也是在這上頭露出破綻。」

喬安娜說：「他為什麼要殺阿妮絲？根本沒有必要嘛。」

「也許沒必要，可是親愛的，你不了解的是（因為你不曾殺過人），殺了人後，判斷力會受到扭曲，一切似乎都被誇大了。西蒙頓一定是聽到阿妮絲打電話給帕翠姬，說她從夫人死後就非常擔心，因為有件事她弄不明白。西蒙頓不能冒險……也許這個愚蠢的女孩看見了什麼，或知道了什麼。」

「可是那天他整個下午不都待在辦公室嗎？」

「我想他在去辦公室之前就殺害阿妮絲了。霍蘭小姐在飯廳和廚房，他只需走到大廳，將前門拉開再關上，假裝自己已經離去，然後躲進小衣帽間。等屋裡只剩阿妮絲一人時，他很可能按了前門門鈴，溜回衣帽間，然後趁她開門之際，從背後襲擊她的頭部，等把屍體塞進櫃子後，再急忙趕到辦公室。如果有人留意的話，會發現西蒙頓有些遲到，可惜都沒人注意到。看吧，這樣就沒有人會懷疑凶手是個男的了。」

丹克索夫人說：「人面獸心的惡徒！」

「你不為他難過嗎，丹克索夫人？」我問。

「一點也不會，你問這做什麼？」

「我很高興聽你這麼說，僅此而已。」

喬安娜說道：「但艾美．葛菲詩又是怎麼回事？我知道警方找到了一把從歐文的配藥室裡竊走的搗杵……也找到了烤肉叉。我想男人很不方便把東西擺回廚房的抽屜裡吧，猜猜凶器藏在哪裡？我在來這兒的路上碰到了納許組長，他剛才告訴我的。他說藏在西蒙頓辦公室裡一個舊得發霉的契約盒裡，就是標著韋斯特爵士的那個盒子。」

「可憐的韋斯特，」丹克索夫人說，「他是我堂哥，中規中矩的，他要知道了，一定會氣瘋。」

「保留凶器豈不是太瘋狂了？」我問。

「扔掉了更糟。」丹克索夫人說，「還沒有人懷疑西蒙頓呢。」

「他不是用搗杵行凶的。」喬安娜說，「那盒子裡還有一只擺鐘，上面沾著血和頭髮。警察認為，他在艾美被捕當天偷走了搗杵，並將那幾張書頁藏在她家。這又讓我想到剛才我的那個問題。艾美．葛菲詩是怎麼回事？警察真的看見她寫那封信嗎？」

「是的，那當然。」瑪波小姐說，「她確實寫了那封信。」

「可是為什麼？」

「噢，親愛的，你應該知道，艾美小姐一直都愛著西蒙頓吧？」

丹克索夫人呆呆地說：「真可憐！」

「他們一直是好朋友，西蒙頓夫人死了之後，艾美一定想過，將來有一天，也許，怎麼說呢……」

瑪波小姐輕咳了一聲。

「然而人們開始傳言愛瑟．霍蘭會如何如何時，她一定非常難過，覺得霍蘭小姐在故意破壞她和西蒙頓的好事，而且她根本配不上西蒙頓。於是，她一時想不開，覺得乾脆再寫一封匿名信，把這個女孩嚇跑。艾美一定覺得這方法非常安全，而她也以為自己做好了一切的防範。」

「然後呢？」喬安娜說，「請你繼續說完。」

「我猜，」瑪波小姐緩緩說道，「當霍蘭小姐把那封信拿給西蒙頓看時，他一下就猜到是誰寫的，也看到一個了結本案讓自己脫罪的辦法。這辦法很卑鄙……真的很卑鄙，但你們要知道，他其實是怕了，警方沒抓到寫信者是不會善罷干休的。當他把信拿到警察局時，發現警方其實目睹了艾美寫信的過程，便覺得自己找到了天大的好機會。

「那天下午，他帶著家人去艾美家喝茶，由於他從辦公室過來，身上帶著公事包，因此可以輕易地把撕下的書頁藏到樓梯下，完成此事。把紙頁藏在樓梯下真是個妙招。這讓人想起藏匿阿妮絲屍體的方式，而且老實說，對他來說非常順手。只要在他跟著警察和艾美一起走出去，趁經過大廳的一兩分鐘時間放進去就足夠矣。」

「不過，」我說，「瑪波小姐，有件事我還是不能原諒你……你把梅根扯進來了。」

瑪波小姐放下手中的織針，神情嚴肅地望著我。

「年輕人，我總得想點辦法吧。我們抓不到那個老狐狸的罪證，需要找個聰明又大膽的人幫忙才行。結果我找到了我需要的人。」

「這對她來說非常危險。」

「是很危險，但是包頓先生，當一名無辜的同胞命在垂危時，我們豈能坐視以待。你懂我的意思嗎？」

我懂。

15

鬧街的早晨。

艾蜜莉・巴頓小姐提著購物籃走出雜貨店，她雙頰紅潤，眼神甚是興奮。

「噢，親愛的包頓先生，我真是緊張死了。想想看，我終於真的要去旅遊了！」

「希望你玩得盡興。」

「噢，一定會的。我從來不敢奢望獨自去旅行，事情會這麼順利，都是老天保佑啊。我一直覺得應該賣掉小金雀花，因為我的經濟狀況實在太窘迫了，但又受不了把房子讓給陌生人住。但現在你買下它了，還要和梅根一起住在那兒，事情就完全不同了。還有，可愛的艾美在遭受那個可怕的打擊後，根本不知道下一步要怎麼走，加上她哥哥快要結婚了（想到你們兄妹倆都要留下來和我們在一起，真好），所以就同意和我一塊去。我們打算在外面多待一段日子。我們甚至可能會……」艾蜜莉小姐壓低聲音。「環遊全世界喲。艾美又能幹，又精明，我真的覺得一切都會變得很美好，你說呢？」

剎那間，我想到埋在教堂墓地裡的西蒙頓夫人和阿妮絲會作何感想，接著我又想到，阿妮絲的男友不特別疼她，而西蒙頓夫人對梅根也不是很好……管他的，人終歸都要入土！我對快樂的艾蜜莉小姐表示同意，說一切都會變得十分美好。

我沿著鬧街走，進了西蒙頓家大門，梅根走出來接我。

我們的相見一點也不浪漫，因為一隻大型古英格蘭牧羊犬跟著梅根一塊出來，幾乎將我撞倒。

「很可愛吧？」梅根問。

「有點嚇人。是我們的嗎？」

「是的，是喬安娜送給我們的結婚禮物。我們的結婚禮物都很不錯，對吧？那個毛茸茸、不知道做什麼用的羊毛玩意兒是瑪波小姐送的，卜艾先生送我們那套可愛的皇家賽馬會茶具，還有愛瑟寄給我一個烤麵包架……」

「很像是她會送的東西。」我插嘴說。

「她在牙醫師那邊找到一份工作，她很高興，哎呀……我剛說到哪兒啦？」

「你在列舉結婚禮物。別忘了，如果你改變主意，就得全數將它們送回去。」

「我不會改變主意。我們還收到什麼禮物？噢，是的，丹克索夫人送了一件埃及聖甲蟲飾品。」

「真有創意。」我說。
「噢，還有，最精采的還沒講呢，帕翠姬竟然也送我禮物，是塊我見過最醜陋的茶几布，不過，我想她一定開始喜歡我了，因為她說這是她親手織的。」
「大概是酸葡萄和薊花的圖案吧？」
「不是啦，是情人結。」
「乖乖，不得了，」我說，「連帕翠姬也開竅了。」
梅根把我拉進屋裡。
她說：「只有一件事我想不明白。除了狗狗在用的項圈和狗鍊外，喬安娜還多送了一份項圈和狗繩，你想那是幹什麼用的？」
「那個啊，」我說，「是喬安娜開的一個小玩笑。」

藏在日常細節中的冒險

楊照（作家）

一開始，就都在那裡了。

一九二〇年，阿嘉莎．克莉絲蒂出版了《史岱爾莊謀殺案》，神探白羅就已經退休了。而且在這個案子裡，藉由敘述者海斯汀的轉述，就鋪陳出克莉絲蒂小說最基本的偵探原則：

「那些看來或許無關緊要的小細節……它們才是重要的關鍵，它們才是偉大的線索！」

「豐富的想像力就像洪水一樣，既能載舟亦能覆舟，而且，最簡單直接的解釋，往往就是最可能的答案。」

「沒有任何謀殺行為是沒有動機的。」

還有，一個不討人喜歡的死者，一群各有理由不喜歡死者、因而也就都有殺人動機的人，這些人彼此之間構成複雜的關係，有的互相仇視，有的互相愛戀，麻煩的是，有些愛人其實貌合神離，有些仇人其實私下愛慕；更麻煩的是，不論是愛或是仇，都有可能是扮演出來的。

一個外來的偵探必須周旋在這些嫌疑者之間，從他們口中獲取對於案情的了解，換句話說，他必須在很短的時間內，搞清楚誰是誰、誰跟誰吵架、誰跟誰偷情，然後判斷誰說的哪一句是實話、哪一句是謊言。常常謊言比實話對於破案更有幫助。

再偷偷透露一下，如果要和小說裡的凶手及小說背後的作者鬥智，就像克莉絲蒂對英國社會的了解，祕訣就在於要去追究小說裡的人物背景，尤其是他們的階級地位。基本上，階級地位愈高、權力愈大、愈有錢者，說的話就愈不要相信。例如在《史岱爾莊謀殺案》中，僕人、園丁說的話遠比有頭有臉的人說的要可信多了。就算要說謊，他們的謊言也比較天真，而且往往出於善良動機。當你歸納線索時，就會知道他們並非故意說謊，那是因為他們的認知受到蒙蔽或誤導，而你慢慢就從這蒙蔽或誤導中被引導到真相。

《史岱爾莊謀殺案》出版那年，克莉絲蒂三十歲，但書稿其實早在五年前就寫好了，畢竟要找到有人願意出版一個看來再平凡不過的家庭主婦寫的小說，並不是那麼容易。

所有和克莉絲蒂接觸過的人，都對於她的「正常」留下深刻印象。她看起來就和她那個年紀的典型英國家庭主婦一樣，害羞、靦腆，只能在社交場合勉強跟人聊些瑣事話題，完全無法演講，甚至連只是站起來對眾賓客說幾句客套話，請大家一起舉杯，她都做不到。她不演講，也很少答應接受採訪，就算採訪到她也很難從她口中得到有趣的內容。她會講的，幾乎都是記者本來就知道、或者自己就可以想得出來的。

例如說白羅這個神探的來歷。克莉絲蒂回答：他應該是個外國人，這樣就能在英國日常生活中看出英國人自己看不出的線索。她自己碰過的外國人，只有第一次大戰剛爆發時到英國避難的比利時人。比利時警察怎麼能跑到英國來？那一定是因為他已經退休了。他有潔癖，所以對於現場會有特殊的直覺，馬上感受到不對勁的地方。一個有潔癖的人，好像應該長得矮小些才相稱，一個矮小有潔癖的人最適當的名字，就是希臘神話裡的大力士「赫丘勒斯（Hercules）」，製造出荒唐的對比趣味。那白羅這個姓是怎麼來的呢？克莉絲蒂很誠實地說：「我不記得了。」

一切都如此順理成章，一切都如此合邏輯，不是嗎？有記者問她怎麼看自己的舞台劇〈捕鼠器〉，創下了英國劇場、甚至全世界劇場連演最多場紀錄的名劇？克莉絲蒂的回答也還是中規中矩，合理合節：那是一齣小戲，在一個小劇院演出，成本很低，任何人想到了都可以帶家人或朋友去看，老少咸宜，並不恐怖，也不特別荒謬打鬧，可是又什麼都有一點，包括恐怖和荒謬打鬧的成分。

她的身上找不出一點傳奇、怪誕色彩，那她為什麼能在五十年間持續寫偵探小說，創造了那麼多謀殺，還創造了那麼多詭計？

首先因為她是女性，以及她的身世，包括她的階級身分，使得她在描寫故事場景時比一般男性作者來得敏感。因為在她之前的偵探推理小說男性作家的階級身分都是高高在上，基本上他們會從較高的角度看社會，比較看不到底層的感受。

而她的婚變以及婚變中遭逢的痛苦，都使她更能體會與觀察，將英國社會的複雜細節融入小說的核心情節，讓探案與線索分析結合在一起。

克莉絲蒂一生結過兩次婚，第一次在一九一四年，婚後不久，丈夫就參加了歐戰，是英國皇家空軍最早一批飛行員。一九二六年，這個丈夫有了外遇，直率地向克莉絲蒂要求離婚，在那之前，克莉絲蒂的媽媽才剛過世，雙重打擊之下，又遇到車子無法發動，克莉絲蒂崩潰了，她棄車而走，忘記了自己究竟是誰，躲進一家鄉間旅館，登記時寫了她心裡唯一有印象的名字——她丈夫情婦的名字。

離婚後，一次在晚宴中，有人提起近東烏爾考古的最新收穫，克莉絲蒂就取消了原定要去西印度群島的計畫，改訂了跨越歐洲到君士坦丁堡的「東方快車」，是的，就是這趟旅程給了她寫《東方快車謀殺案》的靈感。不過更重要的是，在烏爾，她認識了一位年輕的考古學家，比她小十四歲，這個人後來成了她的第二任丈夫。

這位考古學家陪她去參觀在沙漠中的烏克海迪爾城，卻在沙漠中迷路困陷了。幾小時中克莉絲蒂卻沒有一點驚慌不安，當下考古學家就決定要向她求婚。

原來，克莉絲蒂的內心是有這種冒險成分的。要不然她不會兩次選到的，都是喜愛冒險的丈夫，而她本身大概也不會吸引一個在各種危險情境下挖掘古代寶藏的人，讓他願意向一個大他十四歲的女人求婚。

這樣說吧，維多利亞時代後期的英國環境，壓抑限制了克莉絲蒂冒險、追求傳奇的內在衝動，她只好將這樣的衝動寄託在丈夫和寫作上。她一邊陪著第二任丈夫在近東漫走，一邊在小說中寫各式各樣的謀殺與探案。謀殺和探案都是冒險，還有，偵探偵查中做的事——蒐集線索，還原命案過程——其實和考古學家的考掘，如此相似！

克莉絲蒂寫得最好的，正是「藏在日常中的冒險」。她個性中的雙面成分，造就了特殊的偵探魅力。既嚮往非常傳奇，卻又有根深柢固的日常邏輯信念，兩者都在克莉絲蒂的小說中扮演了重要角色。她的謀殺案幾乎都和日常習慣緊密編織在一起，日常環境成了凶手最重要的掩護。有些日常規律明顯地被破壞了，讓我們很自然以為那會是謀殺的線索，沿著這些線索形成了閱讀中的推理猜測，然而白羅早就提醒了，真正重要的反而是那些「細節」，也就是看來像是依隨日常邏輯進行的事，或說藏在日常邏輯中因而不被看重的事，那裡要嘛藏著凶手的核心詭計、煙幕，要嘛藏著凶手致命的破綻。

凶案的構想，就是如何讓異常蓋上日常、正常的面貌，又如何故意將日常、正常予以扭曲，製造假象；那麼偵探要做的，就是如何準確地在日常中分辨出真正的異常，將假的、明顯的異常撥開來，找出細節堆疊起來的異常真相。

此外，克莉絲蒂的小說裡隱藏著極其曖昧的情感價值觀，最典型、最有名的就是《東方快車謀殺案》。透過追查過程，讓讀者知道為什麼兇手要訴諸於這種手段，其動機具有可同情之處，再加上克莉絲蒂對身分階級的觀察，她比較相信或讓讀者相信那些沒有權力、地位的人，隨著偵查節奏去認識可能或必須懷疑的人。克莉絲蒂最擅長營造「多重嫌疑犯」的小說特質，因為讀者在閱讀時必須被迫去認識很多不一樣的人。在她最受歡迎的作品，大概都具備這樣的特質。

當然，她的作品中還有兩個最突出的神探，即白羅和瑪波。白羅是比利時人，但為什麼必須是外國人？這是因為英國人具有高度階級意識，這種觀念一路滲透到所有互動細節，包括人與人之間如何說話。而白羅因為不是英國人，他會發現一般英國人不太看得出來的東西，以及兩個人互動的方法哪裡不正常。至於瑪波為什麼得是老太太？她一如那個年代的老人家，總是靜靜坐著打毛線，因為不起眼，自然讓人放鬆防備，所以瑪波探案的線索都是來自於這樣的互動模式。

然而，白羅有很明顯的優勢，瑪波的身分使她基本上只能進行「靜態」的辦案，案子的空間受到侷限，白羅卻可以跨越各種空間，恣意揮灑。而且白羅擁有警官身分，可以合理出現在各種犯罪現場，瑪波能出現的地方，相形之下就勉強、不自然多了。白羅是明白的outsider，在英國，只要他出現，就會覺得有外人在而感到緊張，於是很容易露出平常不會表現的行為；瑪波則看起來是insider，但實質上是outsider，因為總是沒人發現她、當她空氣人。這兩人的探案，是兩個極端。雖然讀者最愛白羅，但克莉絲蒂自己偏愛瑪波勝於白羅。

不管後來的偵探、推理小說發展了多少巧妙詭計，克莉絲蒂卻不會過時，因為她的推理如此密切地和日常纏繞在一起；活在日常中，我們就無可避免被克莉絲蒂的「日常細節推理」吸引，隨時讀來都充滿驚奇趣味。

名家盛讚克莉絲蒂（依推薦時間排序）

金庸（作家）

克莉絲蒂的寫作功力一流，內容寫實，邏輯性順暢，也很會運用語言的趣味。閱讀她的小說，在謎底沒有揭露之前，我會與作者鬥智，這種過程非常令人享受。其作品的高明之處在於：布局的巧妙完全意想不到，而謎底揭穿時又十分合理，讓人不得不信服。

詹宏志（作家、PChome 網路家庭董事長）

推理小說在從先輩柯南．道爾等人的發明中出現力量時，誕生了一位《天方夜譚》故事中每天說故事說個不停的王妃薛斐拉．柴德，也就是「謀殺天后」克莉絲蒂，整個世界對聽這些故事才有如此的熱情。他們捨不得睡覺，每天問後來還有嗎、還有嗎，永遠不肯離去，這就是克莉絲蒂對推理小說的最大貢獻。

可樂王（藝術家）

所謂「克莉絲蒂式」的推理小說，就是一場和一個天才的寫作者或高明的恐怖份子在紙上捕掠捉殺的戰事。即便是一列火車、一處飯店或一間酒吧，在克莉絲蒂寫來皆充滿神祕和猜謎。在人生適合的下午裡，我總是一面嚼著口香糖，一面跟著矮子偵探白羅穿梭謀殺現場，克莉絲蒂的推理作品無疑是推理世界中最充滿「魔術性」的小說。

吳若權（作家、節目主持人）

我從小就對推理小說情有獨鍾，克莉絲蒂一系列的作品尤其令我愛不釋手。多年來，閱讀推理小說的經驗讓我覺悟：讀者在文字情節中推展開來的驚嘆，不只是因緣於故事的本身，而是自我性格的投射。從這個觀點來看克莉絲蒂一系列的作品，她簡直就是洞徹人性的算命師。而讀者，在她的文字中，發現了自己無可奉告的命運。

藍祖蔚（國家電影及視聽文化中心董事長）

做過藥劑師，難免懂得毒藥；嫁給考古學家，難免也就嫻熟文明的神祕；再加上曾經失蹤九天，一切不復記憶的離奇經驗，的確提供了寫作靈感，但若少了想像力，那些片羽靈光縱使辛辣如辣椒，卻不足以成菜。

推理小說重布局、重人物描寫，克莉絲蒂最厲害的卻是犀利的人性觀察，她一手創造的白羅探長，潔癖個性完全和她相反，更將她所憎厭的人格特質集於一身，殊不知，唯有不對著鏡子寫作，才能夠跳出框架與制式反應，開闢無限寬廣的新世界，建構多面向的詭異迷宮。

看完她的小說，你只會更加訝異，到底是什麼樣的心靈才能成就這般視野？

李家同（作家、前暨南大學校長）

克莉絲蒂的整體布局十分細膩，最後案情也都講解得非常詳細，回頭去看，在書中都找得到線索。故事的情節與內容也很好看，不是像一個流氓在街上被殺掉那麼單調。……看小說應該要花腦筋、要思考，從小就要養成思辨的能力，看她的小說，就是對邏輯思考能力極佳的訓練。

袁瓊瓊（作家）

雖然被公認是冷靜理性的謀殺天后，但是在理性之下，克莉絲蒂的底色依舊是感情。克莉絲蒂很明白，所有的慾望之後，都無非是某種愛情。在以性命相搏的犯罪世界裡，凶手以終結他人的性命來遂私欲，不過是為了成全自己的愛，或者是成全自己的恨。

鄧惠文（精神科醫師）

以推理小說作家而言，克莉絲蒂的風格相當獨樹一格。她的偵探在辦案時，靠的不光是科學證據的搜集，而是大量運用犯罪心理學，及對人性的深刻了解。例如在《五隻小豬之歌》中，白羅便是藉由聽取嫌疑犯訴說案情時所不自覺顯露的主觀意識及中心思想，而看出其中破綻，找出真凶。白羅是靠腦袋辦案，以心理層面去剖析案情，即使人們敘述的是同一件事，他可以聽出不同角色因出發點及看待角度不同所透露的情緒觀感，從而抽絲剝繭，還原事實真相。

克莉絲蒂所塑造的人物也生動且各具特色，不同個性所出現的情緒反應描寫，皆細膩而準確，讓讀者產生豐富的想像空間，一展卷便欲罷而不能。

吳曉樂（作家）

克莉絲蒂使用的語言平易近人，主要是以角色與情節的對應來斧鑿出故事的深度，堆疊出讓讀者回味的迂迴空間。而她筆下的角色往往性別、階級、性格、族群各異，塑造出多元又豐富的人物群像。

文學作品不問類型，若要流傳於世，最終仍得上溯至「人性」的理解與反思。而阿嘉莎．克莉絲蒂的作品中，我們可以看到人類屢屢得和自己的人生討價還價，或千方百計讓主觀意識與客觀條件達成某種程度的整合，讀者在重建人物的心理軌跡時，也見識到自身的是非成敗，我認為，這也是克莉絲蒂的作品能夠璀璨經年、暢銷不衰的主因。

許皓宜（心理學作家）

克莉絲蒂筆下的故事看似在談人性的醜惡，實則像一位披著小說家靈魂的心靈引導者，用她的文字訴說著人們得不到「愛」時的痛苦。於是在故事終了的剎那，你不得不對人生多了幾分「看透感」：原來，我們心裡的那些痛苦、報復與自我折磨的慾望，不是因為「憤恨」，而是起於對「愛的失落」。這或許是我們在情感世界中最珍貴且深刻的一種覺察了。

推理小說荒謬驚悚嗎？不，它其實很寫實。它幫我們說出心裡的苦、怨、醜陋的慾望，於是，我們可以重新學習愛了。

一頁華爾滋 Kristin（影評人）

從有記憶以來，閱讀克莉絲蒂最迷人之處往往不在真正的凶手是誰，而是在於「Why」（為什麼）與「How」（如何進行），在於人性與心理描摹的故事肌理。依循其書寫脈絡，會發覺不只是邏輯清晰、布局縝密、著重細節，她總能完美掌握敘事節奏，書中人物彷彿真實存在般鮮明躍然紙上，讀者情緒會隨精準文字保持流轉、跳動、收放，掩卷時並無太多真相水落石出的暢快，反倒淡淡的惆悵化為餘韻襲上心頭，原來還是種種意料之外，卻屬情理之中的人性盲目使然。私以為，那成就了克莉絲蒂的推理故事之所以無比迷人的主因之一。

冬陽（推理評論人）

雖然阿嘉莎・克莉絲蒂的作品並非我的推理閱讀啟蒙，卻是養成閱讀不輟的重要推手。首先，她無庸置疑是個說故事能手，打開我名為好奇的開關；其次是設計犯罪事件的巧妙多元，既日常又異常，凶手更是叫人意想不到。沒錯，我相信每個當讀者的都忍不住想破案，想早偵探一步識破詭計，或者像考試結束鈴響前一秒，瞎猜都要指著某個角色大喊「你就是犯人」！然後會忍不住作弊——不是翻到最後幾頁窺探真凶身分，而是往前翻查讓人起疑的段落、偵探顯然掌握重要線索的時刻，直到忍不住豎白旗投降，看神探（我知道啦，真正把我耍得團團轉的聰明人是作者）頭頭是道地分析我遺漏錯置的片片拼圖，終於看清真相全貌。這，就是偵探推理，我因此熟悉遊戲規則、沉醉在每一場迷人故事裡，成為這個類型書寫的俘虜，享受至今不疲的美好滋味。

石芳瑜（作家、永樂座書店店主）

布局細膩、處處留下線索，破案解說詳細，說明了這位安靜、害羞的推理小說女王心思縝密，且充滿想像力。密室殺人，完美犯罪，《東方快車謀殺案》不愧為古典推理小說的經典。再加上神祕的東方色彩，隨著火車抵達的迫切時間感，連非推理小說迷都會神經拉緊，讀完大呼過癮。

家庭主婦缺少人生經驗？處女座的阿嘉莎．克莉絲蒂充分展現她過人的寫作天分，靠得是從小開始的閱讀，以及對偵探小說的著迷。三十歲寫下第一本偵探小說《史岱爾莊謀殺案》的克莉絲蒂，在那個時代並不能說是「早慧」，但寫作生涯五十五年中，共創作了八十部偵探小說，卻令人難以企及。這位害羞靦腆的小說女神，大概是相信只要有足夠的理由，每個人都有殺人的可能！

余小芳（暨南大學推理研究社指導老師、台灣推理作家協會常務理事）

學生時代加入推理社團，社課指定讀物便是經典作品《一個都不留》，成為我對克莉絲蒂的初步印象，自此沉浸於推理小說的世界。隔年寒假陪同學參與轉學考，在斜風細雨的走廊中，滿足讀完《東方快車謀殺案》。隨著歲月遠走，已昇華成趣味回憶。

踏入推理文學領域需要認識的作家，阿嘉莎．克莉絲蒂絕對名列其中，她的作品常有英國小鎮風光、莊園式的謀殺、設備豪華的交通工具等，還有特色鮮明的偵探活躍其中。書中少有血腥、暴力的橋段，布局巧妙且結構嚴密，手法純粹、知性，故事內容與人物性格融為一體，以高超的想像力結合說好故事的能耐，為推理小說開創新局面。克莉絲蒂推理全集重編改版，值得新舊讀者一起探索。

林怡辰（國小教師、教育部閱讀推手）

多年後，還是難忘第一次閱讀阿嘉莎．克莉絲蒂作品的感動和激動。

這套將近一世紀的作品，文筆流暢，邏輯縝密，過程中不斷與作者較量、猜出凶手，直到最後解答不禁佩服，蛛絲馬跡處處展現作者的精妙手法，於是又拿起另一部作品，再次沉溺在謀殺天后所編織的日常世界中的奇幻，無可自拔。犯罪動機和手法穿越時空限制，如今讀來合理且依舊令人感動，閱讀中趣味橫生，難怪成為後來諸多偵探小說的原型。

克莉絲蒂創作生涯中產出的八十部推理作品，至今多部躍上大銀幕，無怪乎被稱之為「經典」，喜愛推理偵探作品的人不可不讀，你會驚異於她在文字中施展的魔法！

張東君（推理評論家、科普作家）

我愛克莉絲蒂！這位在台灣有時會被稱為克奶奶的超級暢銷推理小說家，即使是自認沒讀過她的書的人，也都會在各種書籍或影視作品中看到對她致敬的片段。由於她喜歡旅行和冒險，那些經驗與體驗都成為書中的場景，因此閱讀她的作品時，不只是雀躍地跟著偵探推理，也有了虛擬的旅行體驗。或者當成旅遊導覽書，在出發去尼羅河、去英國鄉間、去搭船搭火車時，就塞一本克奶奶的作品到隨身背包中。

我還是大學新生時，就聽學姐說她哥哥經常看克奶奶的小說，而且邊看邊狂笑。於是我跟著效仿，在某次搭飛機之前買了第一本小說當旅伴，不只看得超開心，看完後還到處找尋書中出現的那種有兜帽的斗篷，當成出門時的必備用品。克奶奶的作品是跨越文字、國界的。只要看過一本，就會不停地追下去。還好，真的是還好只有八十本。何況這次是全新校訂的紀念珍藏版，當然不能錯過！

發光小魚（呂湘瑜）（文史作家、助理教授）

一部好的偵探小說，除了情節設計巧妙之外，還需要洞悉人性，如此方能合理地交代人物的言行舉止與動機。阿嘉莎．克莉絲蒂便是其中翹楚，她的作品不管是偵探、愛情小說或戲劇，必要元素都是謎題與人性。在寧靜無波的場景下暗潮洶湧，永遠都有意料之外，讀者的情緒也會隨著劇情的進行起伏糾結。克莉絲蒂觀察到時代的變化，將犯罪心理融入作品中，於是，看她的小說不只能得到解謎的快樂，同時對人性也能夠有所省思。

此外，克莉絲蒂豐富的人生歷練及旅行經歷，例如一九二二年的環球之旅、居住過也旅行過的巴黎和埃及，甚至是追隨考古學家丈夫前往的中東，都讓她的小說讀來更加充滿異國情調。如果你也愛旅行，不如就讓我們一同搭上那一班南法的藍色列車，或由伊斯坦堡出發的東方快車，跟著白羅鑽進一樁奇案，一嘗旅程中破解謎題的快感吧。

盧郁佳（作家）

國小時，家裡買了一套阿嘉莎．克莉絲蒂全集，從此成了我的毒品，在白癡課本將我的腦袋啃嚙成海綿般空洞時，撫慰受創的心靈，那時我仍對人心險惡一無所知。

數學課教你列算式，樂趣遠不如克莉絲蒂教你住宅平面圖、偷換時序的密室魔術，你從庭園長窗進房間，我從房門直通鄰房，他從走廊進房……從而學會故事是建構邏輯。她文風多變，時而《四大天王》中讓神探白羅向助手海斯汀大賣關子，眉頭緊皺，山雨欲來，預示天翻地覆，只能靠他拯救世界；時而用維吉尼亞．吳爾芙《自己的房間》中俏皮的語言，讓貧苦村姑安妮在《褐衣男子》中回憶南非出生入死的冒險，竟源於她耽讀村裡圖書館爛舊的冒險愛情小說，還有戲院每週末放映〈帕米拉歷險記〉，帕米拉每集從飛機跳落高空、搭潛艇、爬上摩天大樓，每次被黑幫老大抓到總不一刀斃命，卻老要用瓦斯毒死她，暗示續集又會逃出生天。

長大才發現，克莉絲蒂小說就是我的〈帕米拉歷險記〉：它以歌劇般輝煌龐大的天真陰謀、精細的人際觀察（一句話重音放在哪個字、從膝蓋鑑定女人的年齡等），召喚年輕讀者抱持浪漫精神投入未知的壯遊，瘋魔、衝撞、冒犯，傷痕累累毫無懼色。正如瓦斯在冒險片中太多、現實中卻太少；陰謀在現實中沒有克莉絲蒂寫得那麼複雜，但她刻畫的心理卻是現實中解謎的試金石。

賴以威（臺灣師範大學電機系副教授）

或許可以為經典下幾個定義：該領域的愛好者更都讀過；不是這個領域的愛好者，許多人也都聽過；影響後續的作品，在很多著作中都可以看到它的影子；值得反覆再三閱讀，每隔一陣子再讀都可以獲得閱讀的樂趣，有更多的體悟。我永遠記得第一次讀《東方快車謀殺案》時，被那宛如嚴謹設計數學謎題的鋪陳、推進給深深吸引、震撼。從這幾個角度來說，克莉絲蒂的推理小說被稱之為「經典」，可說是當之無愧。

謝哲青（作家、旅行家、知名節目主持人）

克莉絲蒂小說的魅力在於透過每個角色的對白，藉由不斷的說話來表現人物的個性，以彰顯其人格特質中一些無法被忽略的事實。我們從他們的言語、講話的過程和字裡行間，竟然就能知道誰是凶手。

我從克莉絲蒂的小說學到很多，除了推理小說有趣的事實之外，最重要的是，我在工作的職場跟人應對的時候，如何從語言和對話裡去捕捉某些隱而不顯的事實。許多人們欲蓋彌彰的東西，無論心事也好、祕密也好，克莉絲蒂都會用文學的手法，讓你理解語言的奧妙和魅力。

克莉絲蒂的書寫會讓你覺得彷彿自己也在現場，你可以從聽到的對話當中，學會如何理解人心的一些小技巧，這是小說家最出色、最偉大的地方。我們必須學習傾聽別人說話——這些人講話是真誠的嗎？他想要跟你分享什麼資訊？這些資訊可靠嗎？——這是我在閱讀推理小說時，最大的收穫和理解。

阿嘉莎・克莉絲蒂大事記

1890		• 九月十五日出生於英格蘭德文郡托基鎮。
1894	4 歲	• 開始在家自學，父母親、姐姐教導閱讀、寫作、算術和彈鋼琴。
1895	5 歲	• 家中經濟走下坡，舉家搬至法國，學會流利的法語。
1905	15 歲	• 在巴黎寄宿學校學鋼琴和聲樂，但生性極度害羞，未成為職業鋼琴家，最終回到英國。
1907	17 歲	• 陪同母親前往埃及調養身體，對社交活動充滿興趣，但尚未對日後感興趣的埃及古物點燃熱情。 • 回英國後繼續寫作、參與業餘戲劇表演。
1908	18 歲	• 寫出第一篇短篇小說〈麗人之屋〉，同時也寫出第一部愛情小說《白雪黃漠》，以筆名向出版社投稿，但屢遭退稿。
1912	22 歲	• 與英國皇家軍官亞契・克莉絲蒂（Archibald Christie）熱戀。 • 八月爆發第一次世界大戰，亞契奉派到法國作戰。
1914	24 歲	• 耶誕夜結婚，亞契隨即返回戰場。克莉絲蒂參與紅十字會工作，在醫院擔任護士和藥劑師，因此對藥理和毒物非常熟悉，造就後來多部推理小說情節都以毒藥殺人。
1916	26 歲	• 開始嘗試寫推理小說，寫出第一部小說《史岱爾莊謀殺案》，主角偵探赫丘勒・白羅的靈感，來自於大戰期間英國鄉間的比利時難民營。本書歷經數家出版社退稿後，終獲柏德雷・海德（The Bodley Head）圖書公司的出版機會，之後並簽下另五本小說的合約。
1919	29 歲	• 前一年亞契返回英國，八月生下女兒露莎琳。

1920　30 歲　• 出版《史岱爾莊謀殺案》。

1922　32 歲　• 出版第二部小說《隱身魔鬼》，主角是夫妻檔偵探湯米和陶品絲。
• 與亞契至南非、澳洲、紐西蘭、夏威夷和加拿大等國旅行十個月，在南非得到《褐衣男子》的靈感。

1923　33 歲　• 三月出版第三部小說《高爾夫球場命案》，白羅再度登場。

1926　36 歲　• 四月母親過世，克莉絲蒂陷入憂鬱。
• 六月在「威廉．柯林斯父子出版社」出版《羅傑艾克洛命案》。
• 八月亞契因外遇提出離婚，十二月初一次爭吵後，克莉絲蒂離家棄車失蹤，消息登上全國新聞。

1927　37 歲　• 一月在悲痛心情中寫出《藍色列車之謎》，第一次創造出聖瑪莉米德村，即後來瑪波小姐居住的村子。
• 分居期間在雜誌刊登以白羅為主角的短篇小說，後來集結出版《四大天王》。
• 十二月在雜誌刊登短篇小說〈週二夜間俱樂部〉，瑪波小姐初登場，後來收錄在一九三二年出版的短篇小說集《十三個難題》。

1928　38 歲　• 十月正式離婚，仍保留「克莉絲蒂」姓氏。
• 秋天搭乘「東方快車」前往土耳其的伊斯坦堡，再轉往伊拉克首都巴格達，參觀考古現場烏爾，認識考古學家伍利夫婦（Leonard and Katharine Woolley）。

1930　40 歲　• 二月應伍利夫婦之邀再訪烏爾，認識考古學家麥克斯．馬龍（Max Mallowan），九月於英國愛丁堡結婚。這段婚姻開啟克莉絲蒂旺盛的創作生涯，兩人到中東考古現場的旅行為許多作品帶來靈感。

- 婚後克莉絲蒂開始維持固定的寫作行程。十月出版《牧師公館謀殺案》，是第一部以瑪波小姐為主角的小說。
- 出版第一部以「瑪麗．魏斯麥珂特」（Mary Westmacott）為筆名的《撒旦的情歌》，並陸續發表了五部非犯罪小說。

1932　42歲
- 出版《危機四伏》。

1934　44歲
- 出版《東方快車謀殺案》，是白羅海外辦案三部曲之一，故事靈感來自中東的旅行經歷。一九七四年第一次改編成電影大獲好評。

1936　46歲
- 出版《美索不達米亞驚魂》，白羅海外辦案三部曲之二。

1937　47歲
- 出版《尼羅河謀殺案》，白羅海外辦案三部曲之三，故事背景是年輕時與母親同遊的埃及。一九七八年第一次改編成電影大受歡迎。

1939　49歲
- 二次大戰期間，克莉絲蒂在大學學院醫院擔任義務藥師，學習到最新的毒藥知識，對於推理小說寫作大有助益。
- 出版《一個都不留》，是克莉絲蒂最著名作品之一。

1941　51歲
- 出版《密碼》，呈現出克莉絲蒂對戰爭的看法。
- 出版《豔陽下的謀殺案》。

1942　52歲
- 出版《藏書室的陌生人》、《五隻小豬之歌》等名作。

1944　54歲
- 以「瑪麗．魏斯麥珂特」為筆名出版第三部作品《幸福假面》，被美國書評人發現是克莉絲蒂的作品，讓她從此失去匿名創作的自在樂趣。

1950	60 歲	• 獲選為皇家文學學會的會員。
1953	63 歲	• 出版《葬禮變奏曲》。
1956	66 歲	• 一月獲頒大英帝國爵級大十字勳章（GBE）。 • 十一月以「瑪麗·魏斯麥珂特」為筆名出版《愛的重量》，是這個筆名的最後一部作品。
1958	68 歲	• 成為「偵探作家俱樂部」主席。
1960	70 歲	• 馬龍獲頒大英帝國爵級大十字勳章。
1961	71 歲	• 獲得艾克塞特大學頒發榮譽文學博士學位。
1968	78 歲	• 馬龍獲封為爵士，克莉絲蒂亦被稱為馬龍爵士夫人。
1971	81 歲	• 獲頒大英帝國爵級司令勳章（DBE），獲封為女爵士。
1973	83 歲	• 出版最後一部創作《死亡暗道》，亦為湯米和陶品絲最後一次辦案。
1974	84 歲	• 最後一次公開露面，出席電影《東方快車謀殺案》首映會。
1975	85 歲	• 八月六日，白羅成為有史以來第一次在《紐約時報》頭版刊出訃聞的小說主角，宣傳九月即將出版的《謝幕》，這也是白羅最後一次辦案。
1976	86 歲	• 一月十二日去世。 • 十月出版《死亡不長眠》，瑪波小姐的最後一次辦案。

克莉絲蒂推理原著出版年表

1920 史岱爾莊謀殺案 The Mysterious Affair at Styles（神探白羅系列）
1922 隱身魔鬼 The Secret Adversary（神探湯米＆陶品絲系列）
1923 高爾夫球場命案 The Murder on the Links（神探白羅系列）
1924 白羅出擊 Poirot Investigates（神探白羅系列）
1924 褐衣男子 The Man in the Brown Suit（神探雷斯上校系列）
1925 煙囪的祕密 The Secret of Chimneys（神探巴鬥主任系列）
1926 羅傑艾克洛命案 The Murder of Roger Ackroyd（神探白羅系列）
1927 四大天王 The Big Four（神探白羅系列）
1928 藍色列車之謎 The Mystery of the Blue Train（神探白羅系列）
1929 七鐘面 The Seven Dials Mystery（神探巴鬥主任系列）
1929 鴛鴦神探 Partners in Crime（神探湯米＆陶品絲系列）
1930 牧師公館謀殺案 The Murder at the Vicarage（神探瑪波系列）
1930 謎樣的鬼豔先生 The Mysterious Mr. Quin（神探鬼豔先生系列）
1931 西塔佛祕案 The Sittaford Mystery
1932 十三個難題 The Thirteen Problems（神探瑪波系列）
1932 危機四伏 Peril at End House（神探白羅系列）
1933 十三人的晚宴 Lord Edgware Dies（神探白羅系列）
1933 死亡之犬 The Hound of Death
1934 三幕悲劇 Three Act Tragedy（神探白羅系列）
1934 李斯特岱奇案 The Listerdale Mystery
1934 帕克潘調查簿 Parker Pyne Investigates（神探帕克潘系列）
1934 東方快車謀殺案 Murder on the Orient Express（神探白羅系列）
1934 為什麼不找伊文斯？ Why Didn't They Ask Evans?
1935 謀殺在雲端 Death in the Clouds（神探白羅系列）
1936 ABC 謀殺案 The A.B.C. Murders（神探白羅系列）
1936 底牌 Cards on the Table（神探白羅系列）
1936 美索不達米亞驚魂 Murder in Mesopotamia（神探白羅系列）

1937 巴石立花園街謀殺案 Murder in the Mews（神探白羅系列）
1937 尼羅河謀殺案 Death on the Nile（神探白羅系列）
1937 死無對證 Dumb Witness（神探白羅系列）
1938 白羅的聖誕假期 Hercule Poirot's Christmas（神探白羅系列）
1938 死亡約會 Appointment with Death（神探白羅系列）
1939 一個都不留 And Then There Were None
1939 殺人不難 Murder Is Easy/Easy to Kill（神探巴鬥主任系列）
1940 一，二，縫好鞋釦 One, Two, Buckle My Shoe（神探白羅系列）
1940 絲柏的哀歌 Sad Cypress（神探白羅系列）
1941 密碼 N Or M?（神探湯米＆陶品絲系列）
1941 豔陽下的謀殺案 Evil Under the Sun（神探白羅系列）
1942 五隻小豬之歌 Five Little Pigs（神探白羅系列）
1942 藏書室的陌生人 The Body in the Library（神探瑪波系列）
1942 幕後黑手 The Moving Finger（神探瑪波系列）
1944 本末倒置 Towards Zero（神探巴鬥主任系列）
1945 死亡終有時 Death Comes as the End
1945 魂縈舊恨 Remembered Death（神探雷斯上校系列）
1946 池邊的幻影 The Hollow（神探白羅系列）
1947 赫丘勒的十二道任務 The Labours of Hercules（神探白羅系列）
1948 順水推舟 Taken at the Flood（神探白羅系列）
1949 畸屋 Crooked House
1950 謀殺啟事 A Murder Is Announced（神探瑪波系列）
1951 巴格達風雲 They Came to Baghdad
1952 殺手魔術 They Do It with Mirrors（神探瑪波系列）
1952 麥金堤太太之死 Mrs. McGinty's Dead（神探白羅系列）
1953 黑麥滿口袋 A Pocket Full of Rye（神探瑪波系列）
1953 葬禮變奏曲 After the Funeral（神探白羅系列）

1954 未知的旅途 Destination Unknown
1955 國際學舍謀殺案 Hickory, Dickory, Dock（神探白羅系列）
1956 弄假成真 Dead Man's Folly（神探白羅系列）
1957 殺人一瞬間 4:50 from Paddington（神探瑪波系列）
1958 無辜者的試煉 Ordeal by Innocence
1959 鴿群裡的貓 Cat Among the Pigeons（神探白羅系列）
1960 哪個聖誕布丁？ The Adventure of the Christmas Pudding（神探白羅系列）
1961 白馬酒館 The Pale Horse
1962 破鏡謀殺案 The Mirror Crack'd from Side to Side（神探瑪波系列）
1963 怪鐘 The Clocks（神探白羅系列）
1964 加勒比海疑雲 A Caribbean Mystery（神探瑪波系列）
1965 柏翠門旅館 At Bertram's Hotel（神探瑪波系列）
1966 第三個單身女郎 Third Girl（神探白羅系列）
1967 無盡的夜 Endless Night
1968 顫刺的預兆 By the Pricking of My Thumbs（神探湯米＆陶品絲系列）
1969 萬聖節派對 Hallowe'en Party（神探白羅系列）
1970 法蘭克福機場怪客 Passengers to Frankfurt
1971 復仇女神 Nemesis（神探瑪波系列）
1972 問大象去吧 Elephants Can Remember（神探白羅系列）
1973 死亡暗道 Postern of Fate（神探湯米＆陶品絲系列）
1974 白羅的初期探案 Poirot's Early Cases（神探白羅系列）
1975 謝幕 Curtain: Hercule Poirot's Last Case（神探白羅系列）
1976 死亡不長眠 Sleeping Murder（神探瑪波系列）
1979 瑪波小姐的完結篇 Miss Marple's Final Cases（神探瑪波系列）
1991 情牽波倫沙 Problem at Pollensa Bay
1997 殘光夜影 While the Light Lasts

國家圖書館出版品預行編目（CIP）資料

幕後黑手 / 阿嘉莎・克莉絲蒂（Agatha Christie）著；張濤譯. -- 二版.-- 臺北市：遠流出版事業股份有限公司, 2023.10
面； 公分. -- (克莉絲蒂繁體中文版20週年紀念珍藏；42)
譯自：The Moving Finger
ISBN 978-626-361-252-5(平裝)

873.57 112014624

克莉絲蒂繁體中文版 20 週年紀念珍藏 42

幕後黑手

作者 / 阿嘉莎・克莉絲蒂
譯者 / 張濤

主編 / 陳懿文、余式恕　校對 / 呂佳真
封面、內頁設計 / 謝佳穎　排版 / 連紫吟、曹任華
行銷企劃 / 舒意雯　出版一部總編輯暨總監 / 王明雪

發行人 / 王榮文
出版發行 / 遠流出版事業股份有限公司
地址 / 104005臺北市中山北路一段11號13樓
電話 / (02)2571-0297　傳真 / (02)2571-0197　郵撥 / 0189456-1
著作權顧問 / 蕭雄淋律師

2003年4月1日 初版一刷
2023年10月1日 二版一刷
定價 / 新臺幣380元 (缺頁或破損的書，請寄回更換)

ISBN 978-626-361-252-5

遠流博識網 http://www.ylib.com E-mail: ylib@ylib.com
遠流粉絲團 https://www.facebook.com/ylibfans

www.agathachristie.com